Undulatfarmen

Undulatfarmen

Berättelse

Uffe Berggren

Uffe Berggren / Tidigare utgivning

Äpplen & Kåldoft, berättelse, 2003

Kärleksdjur, fabler, 2003

Röd Hermes, roman, 2004

Vandeliers sång, berättelser, 2004

Kuruma-Jockey, roman, 2005

Djurplågarn, roman, 2006

Historier från en gårdag, noveller, 2007

Sommarens Rike, berättelse, 2007

Kåbåjskjorta & scharlakansfeber, berättelse, 2008

© Uffe Berggren 2016
Omslagsfoto: Lisbeth Berggren

Förlag: BoD – Books on Demand, Stockholm, Sverige
Tryck: BoD – Books on Demand, Norderstedt, Tyskland
ISBN: 9789176992319

4

1.

Förtjusta barnskratt hörs liksom utanför minnet, det är Sigge och hans lillasyster Sanna som leker med undulaterna och försöker få fåglarna att landa i sina händer. Några undulater landar på matsalsbordet.

I ljuskäglan från fotogenlampan försöker en barnhand fånga en av undulaterna, men fåglarna flyr undan hela tiden. Är det Sannas hand eller Sigges egen som minnet manar fram?

Ljudet av vingslagen förstärks. Det är som om vingslagen suddar ut sig själva och barnhänderna som väntar på att en fågel ska landa i handen.

Ljudet av vingslagen fortsätter. Nu är det en kråka som cirklar ovanför ett större utedass vid koloniområdet intill backen upp till Tallis. Kråkan gör några långsamma rundflygningar och landar sedan på tjärpappstaket på torrdasset. Nu har minnet flugit iväg till koloniområdet medan morsan, farsan, Sigge och Sanna tittar på de kroknäbbade undulaterna i lägenheten och ser dem putsa sig i ett moln av dun, äta och bajsa på Dagens Nyheter som morsan lagt i botten på buren.

*

I koloniområdet i Dalen fanns Zamora, killen Sigge lekte mest med om somrarna. Där fanns Stiggarna som var lite jobbiga att leka med. Där fanns de vuxnas värld med GångeRolf som har kor av masonit på gräsmattan, Storjuttan och Lilljuttan som är kompisar med morsan, Dödskalledamen som bara är otäck, hon har någon sjukdom som gör henne väldigt mager. En annan tant är Makenåja, här finns Spårvägaren som har en tax, SkitJohan som tömmer dasset. Där finns deras grannar, fruarna Bengtsson och Sörensen, samt tanten i Glädjen. Mest fanns det fåglar. En av orsakerna var att farsan hade undulatfarm. Farsan födde upp undulater och sålde dem i den zoologiska affären.

Om vintrarna har de undulaterna i lägenheten i stan. Vi snackar om morsan, farsan, Sanna och Sigge och åtta undulater, fyra par undulater; i en liten etta uppe på fyra och en halv trappa på Södermalm i Stockholm. Sammanlagt 12 individer på detta lilla utrymme. Det var den bantade vinterversionen av farsans undulatfarm.

*

Landet är något annat, större än stan. På landet finns träd, gräsmattor och ängar så långa att de kan springa sig trötta på dem. På landet finns blommor och bär, elaka käringar och gubbar, sommarkompisar och ljusa kvällar när myggorna surrar i syrenbersån. Framför allt är landet annorlunda. Det är allt och getingar och flugor, skrubbsår och fåglar som kvittrar och leker i buskarna.

Men landet är också, kanske mest, en lång tid av

värme och skoj och lekar. Somliga somrar är sommaren
samma sak som landet för att det finns saker som bara
hör hemma på landet och saker de bara gör på landet.

Sommarkompisarna talar ibland om att träffas i stan
på vintern, men det blir aldrig av. Föräldrarna tycker
inte det är viktigt och få har telefon, det inte är så lätt
att ordna ett möte mellan ungarna i koloniområdet.

*

Sigge och Sanna får åka till kolonistugan på vintern
ibland. En del gånger åker de iväg alla fyra. Ibland
är det bara Sigge och farsan. Det är kallt och rått i
stugan på vintern, men de kokar te, som ångar upp
mot taket i den kylråa stugan. Till teet äter de gammalt
torrt vetebröd med hårt och kallt margarin på. Det
blir en särskilt kall smak, bara på landet om vintern.

När de är där alla fyra hoppar Sigge och Sanna
omkring i snön och tittar på trädgården. Den är an-
norlunda på vintern, ser död ut när all vit snö lagt sig
över den. Marken ser jämn ut, de små gräsmattorna
också. Bara i potatislandet ger förra årets potatiskup-
ning fortfarande fåror. Även ovanpå snön. Det tänker
de inte på när det är fritt från snö och är grönt om
somrarna.

Det är som om gräset och bladverket på buskar och
träd om sommaren döljer alla spretiga former för att
de ska slippa se dem. Det är inte alls samma trädgård
som på vintern. Ändå måste det vara det, eftersom
stugan ser likadan ut, både utanpå och inuti. Den

största skillnaden för stugans del är att den är kallare och det ligger en del snö på taket.

Stugan sover med ett enormt vitt vaddtäcke över sig. Stugan väntar på sommaren, precis som Sigge och Sanna. De har tur, i motsats till stugan. De behöver inte sova ute i snön.

Sanna har en röd halsduk av ylle, stickad så hon kan trä ändarna på den igenom varandra. Då sticker de hjärtformade ändarna ut som blomblad på bröstet på Sanna. Det är en fiffig halsduk. Sigge har en likadan, grå och större och bredare. Den är utan hjärtformade ändar. Hjärtan är tjejigt, så det är bara.

Äppelträdet vid verandaknuten heter Säfstaholm. Det ser litet ut på vintern. Men det växer högt över verandataket också på vintern, det ser bara mindre ut. Det ställe på Säfstaholm där farsan sågade av den stora grenen ser också mindre ut. Men trädet är lika stort på sommaren som på vintern. Löven får träden att se större ut på sommaren. De blir bulligare med löven.

– Titta, det kommer inte nån ny gren, påstår Sanna och stirrar stint på det avsågade stället.

Barken kryper över stället där grenen en gång satt.

– Nä, det gör det inte.

– Ska det va så? undrar Sanna och ser på Sigge med oroliga ögon, hon misstänker att det är fel på Säfstaholm.

– Ja, för grenen var i vägen, berättar Sigge.

Han står bakom Sanna och tittar på samma fläck som hon.

– För vem dåra? undrar Sanna tveksamt.

– För alla, säger Sigge, när man gick här så kom den i ansikte på en.

– Äh, säger Sanna och snörper på munnen.

– Jo, det är säkert, menar Sigge.

– För farsan menar du? tycker Sanna med en tvivlande grimas och slår ut med händerna.

– Ja, det är klart att det är för farsan och morsan nu. Men vi kommer å bli lika stora, påstår Sigge.

– Inte jag, hävdar Sanna bestämt, de blir jag inte!

– Jora, du kommer å bli lika stor som morsan, menar Sigge, det har hon sagt.

– Nä, stampar Sanna med foten i snön, med bara en dov duns när hennes känga träffar snötäcket.

– Alla blir större, påstår Sigge, fast det verkar otroligt att han en dag blir lika stor som farsan.

– Det skiter jag i! skriker Sanna och slänger sig baklänges i snön med armarna utsträckta.

Hon ligger stilla och stirrar på Sigge med arga ögon.

– Ska du sova? undrar Sigge.

– Jag ska ligga ner så jag inte växer å blir så stor som morsan, för det vill jag inte! skriker Sanna.

– Va håller I på med här? undrar farsan och står stor och väldig bakom huvudet på Sanna och tittar på dem.

– Sanna tror inte hon blir stor.

– Det blir du säkert, grebban, säger farsan och lyfter upp Sanna ur snön.

Farsan borstar av henne.

– Jag vill inte! skriker Sanna.

– Det bestämmer en inte själv, konstaterar farsan lugnt.

– Men jag vill inte bli stor, framhärdar Sanna.

– Jo då, du kåmmer å bli stor som alla andra, försäkrar farsan, det bler alla.

– Där seru då! säger Sigge.

Han kramar en snöboll och slänger på plommonträdet, som heter Victoria och ger blå plommon på höstarna.

– Ska du fördärrrrrva trät? tjoar farsan.

Han kastar en orolig blick på Victoria för att se om någon gren gick av.

– Jag missa ju, konstaterar Sigge urskuldande.

– Ja, men du kunde ha träffat, menar farsan och går fram till Victoria för att se om det finns skador.

Det blir stora hål i snötäcket efter farsans fötter.

– Blir Sigge stor han också? undrar Sanna.

– Det bler han säkert, menar farsan.

*

Om Sigge lärde sig vissla tills han fyllde fem skulle han få två undulater. Lät enkelt, en utmaning för Sigge, som misstänkte att farsan inte trodde han skulle hinna lära sig vissla.

Sigge övade och övade, det var svårt, märkligt svårt att få munnen att göra rätt. Utomhus lyssnade han avundsjukt till busvisslingar, eller någon farbror som med händerna i byxfickorna och kepsen nerdragen i pannan som visslade ”Hade rian hadera” som Snoddas sjöng eller så var det någon annan låt.

Sigge kom på knepet inne på EPA i Götgatsbacken. Vid leksaksavdelningen stoppade han en tvåöres kola i munnen och försökte vissla. Med hjälp av kolan blev det visselljud. Sigge svalde kolan och kunde vissla utan kola också. Nu var det lätt att vissla, med ens, som om han alltid kunnat det.

Farsan var stolt och ordnade så Sigge fick fåglarna.

De fanns i olika färger; fåglarna farsan kommer hem med är gröna och gula, en av varje. Den gröna heter Pippinettan och den gula kallar de Truls. Hannen är Truls. Första kvällen sitter de och tittar på de kroknäbbade fåglarna och ser dem putsa sig, äta och bajsa på tidningen morsan lagt i botten på buren.

*

Sigge och Zamora går omkring på västsidan av den sönderskurna grusåsen. På åsen finns det ett helt land. Det kallas för Tallis. Där finns alla möjliga landskap och hemliga ställen. Snår av lövträd och högt gräs de kan smyga i.

Ner mot staketet in mot gatukontorets upplag löper Mustangstigen och där har växt upp täta snår av rallarros och kardborrar.

Sigge och Zamora hittar en gubbe som sover i backen ner mot den gamla brädgården.

*

Fönstren i stugan är tredelade; en stående spröjs och en

liggande, så den liggande balanserar på den stående. Så ser fönstret ut, utom de tre verandafönstren. De har inga spröjsar.

Verandafönstren är större än de övriga fönstren och det är annorlunda att titta på stugan från det hållet. Stugan ser nyare ut därifrån. Brädorna i väggarna är också annorlunda än i resten av huset. Det beror på att farsan har byggt verandan efter det att han och morsan köpte stugan.

Det är inte så stor skillnad när man står vid grinden och tittar på stugan, det syns mest när man är inpå den. Då märks det att det är skillnad på brädorna i väggarna.

Annars ser det ut som om huset hänger ihop i alla fall.

Verandan har hela väggar, det är inte den typen som man bara kan sitta på i vackert väder. Här kan man stå ut med både regn och rusk. Det är ingen friluftsveranda. Där är hela väggar, fönster och dörr, precis som resten av stugan.

Eller så vågar de inte göra som de vill, för de måste tänka på vad ägarna, eller grannarna, eller andra människor, folk, ska säga. Då vågar de inte göra som de vill, utan gör som de tror folk vill att de ska göra. Kanske gör de så om det inte är deras stuga på riktigt.

Det är säkert, de bor där, de äger stugan och de kan göra som de vill med den, utom att bränna ner den, men den kan ju drabbas av översvämning.

– Försäkringsbolaget gillar nog inte att vi sätter eld på stugan, säger morsan.

Sigge blir ledsen när han tänker på att stugan kanske

försvinner i en översvämning. Det har visats bilder i tidningarna på en översvämning i Holland.

– Det är inte vanligt med översvämningar i Sverige, fortsätter morsan.

Han behöver inte oroa sig. Han är ändå orolig att det blir översvämning, att de mister stugan när vattnet river tag i den och den seglar iväg tillsammans med möbler, spadar och andra hus och fastnar i talltopparna någonstans långt borta, där de inte kan hitta den igen.

Kanske är det som morsan säger, att det sällan händer sådant där.

Sigge kan inte låta bli att ändå vara orolig att det ska hända.

Det kan hända att morsan har fel.

Då blir det inte bättre av att hon tror det är sällsynt. Då kommer det bara att kännas konstigt. Då kommer de att sakna sin stuga. Då blir de ledsna.

*

När Zamora blir arg får han ibland anfall. Han låter så otäckt, han kan inte andas, för Zamora har en sjukdom, som kallas astma. Han skriker in luften i kroppen.

För det mesta sätter han sig ner och då kommer farmorn springande. Hon har med sig Zamoras apparat. En grej med röd gummiblåsa, som farmorn sprutar in något grejs i munnen på Zamora med.

I apparaten finns medicin. Om han får svårt att andas är det alltid någon av ungarna som springer till farmorn.

De hämtar henne, eller apparaten om farmorn inte
är hemma.

Det är som en hemlighet, fast alla vet om den.
Zamora pratar aldrig om astman. Ingen av de andra
ungarna heller.

Farmorn förmanar ibland Zamora, men det är som
om han inte lyssnar. Sigge tror Zamora inte vill prata
om det för att det är otäckt.

*

Utanför tomten går två vägar, för tomten ligger i en
hörna av koloniområdet. Den ena vägen är grustrot-
toaren till Tyresövägen och den andra grusgången
upp till torrdasset och soptunnorna. Halvvägs upp till
Skogsvägen står en jättelik ek. Där delar sig vägen.
En stig leder till vänster och grusgången fortsätter
till höger.

Utanför glasmästare Bengtssons delar sig grus-
gången ytterligare en gång i en stig till höger. Där
brukar Brollan, Bengtssons grabb, ställa sin svarta
motorcykel.

Innan eken ser man torrdasset uppe i backen. Det
är byggt i tjärat trä och brunt och svart. Några av
ungarna tror inte det är tjära dasset är målat med. De
tror SkitJohan, som tömmer dassen, använt skiten för
att måla dasshuset.

Sigge tror det är tjära, för när solen skiner så kan
han, om han sticker näsan riktigt nära dassväggen
känna lukten av tjära. Det luktar dass också, men den

lukten kommer från behållarna som står under hålen i sittbrädorna.

Dasset har fyra ingångar, en som vätter åt eken och tre åt skogssidan. Dörren åt eken har tre dörrar innanför sig.

När han öppnar den, står han i en tambur och kan välja på tre olika dass. Inuti är träet helt ljust, saker är skrivna överallt på väggarna, mest med blyerts eller ristat med pennkniv. Träet är så ljust att det verkar som det aldrig sett solens sken någon gång.

Sigge och Sanna använder sin potta av gul emaljerad plåt. Sedan går morsan med pottan och häller ut innehållet i dasset.

Morsan påstår att små barn kan ramla ner i hålen på dasset. Det vill inte Sigge, så även när han får gå dit själv är han noga med att sitta framåtlutad på kanten så han inte ska ramla ner bland allt kisset och bajset och alla kletiga papper som skvalpar nere i tunnan under honom.

Sigge hör aldrig talas om någon som fallit ner i dasset, det är äckligt, han skulle aldrig berätta om han ramlade i.

Ja, morsan skulle märka om han kom hem och har ramlat i skittunnan. Men sedan, inte vore det något att berätta

– Igår ramla jag i skittunnan! mumlar Sigge för sig själv på prov.

Då kanske de tror han luktar dass fast han badat förstås. Nä, det är nog för den skull som ingen berättar om de ramlar ner i ett dass.

Sigge ser på dem han möter, han undrar om någon av dem ramlat ner någon gång.

Makenåja har nog inte gjort det, hon är för tjock. Hon går inte ner i hålet. Men Lilljuttan kanske gjort det. Eller den lilla fru Sörensen, som är tillräckligt liten. Hon vill naturligtvis inte heller berätta. Kanske ingen förstår vad hon säger.

Då skulle folk tycka ännu mer synd om henne, som flytt från kriget och allt. Kriget kan hon berätta om, men inte om hon skulle ramla ner i skittunnan.

– Jag går på klo, säger morsan

Morsan tar med sig Vecko–Revyn.

Då vet Sigge och Sanna att morsan tänker läsa följetongen och då dröjer det en stund innan hon är tillbaka. Det gör inget, för glasmästarens fru håller ett öga på dem när hon ser att morsan går på dasset med Vecko–Revyn i näven.

Om utifall att, som tant Bengtsson säger.

Sigge och Sanna gör inget särskilt bus när morsan är på muggen. Hon kan ju snabbt komma tillbaka. Om hon redan läst följetongen till exempel.

Då bläddrar hon bara i Vecko–Revyn. Då kommer hon tillbaka när hon är klar.

*

På sophögen lever råttorna sina liv. Råttorna har en koloni där de lever precis som människor. Sigge har inte sett om råttorna har någon stuga där inne bland soporna och skräpet.

Undulatfarmen

Råttorna dyker upp när han smyger tyst fram mot dem. Då rasslar det till när de ger sig av. Då blir det tyst efter bara någon sekund. Då har råttorna gömt sig igen.

En koloni är en stuga och på sophögen finns bara sådant som legat i slaskhinkarna. Det finns ingenstans att bo. Han fattar inte var råttorna bor och vart de tar vägen. Han tror inte de kastar sig ner bland allt det äckliga som ligger och ruttnar på sophögen.

– Råttor är smutsiga och man kan bli sjuk om dom biter en, säger farsan.

Sigge tror ändå inte riktigt på att råttorna lever i sophögen. De smyger iväg om natten och sover i torra, varma hålor någonstans, tänker Sigge.

Om han var råtta skulle han inte vilja bo på en sophög. Råttorna borde fatta att det är trevligare att ha det skönt och varmt, men det kanske de inte gör. De kanske är för dumma för det?

När solen skiner på sophögen syns inga råttor. Då är de bortflugna. Sigge undrar om råttorna inte gillar ljus, i alla fall verkar det så.

De springer undan, in i mörkret när han kommer nära dem, så att han inte ska se dem. Precis som om de kunde se ögonen på den som kommer emot dem.

*

Morsan skrattar åt att Zamora kan klockan.

– Inte kan han klockan! skrattar morsan.

– Han säjer ju det, konstaterar Sigge.

– Be åt honom att komma hit, så får vi se hur det är med den kunskapen då.

– Okej da.

Zamora kan inte klockan, visar det sig. Morsan frågar honom hur mycket klockan är. Men inte.

– Du hittar allt på bra du! säger morsan och fortsätter skala potatis.

– Jag kan ju klockan! Förresten spelar det ingen roll, för jag kan ju engelska, mumlar Zamora.

– Do you? frågar morsan.

– Va?

– Do you speak English?

– Va säjer du? undrar Zamora.

– Jag frågade bara om du talar engelska, men det verkar inte så!

– Det gör jag visst!

– Say anything then.

– Du pratar så konstig engelska, menar Zamora.

– Säj som det är, du kan ingen engelska, skrattar morsan.

– Det gör jag visst.

Men Zamora har tappat lusten att prata engelska. Det verkar som om Zamora varken kan engelska eller klockan. Men Sigge säger inte något om det till Zamora.

Zamora blir bara så arg, speciellt som nu, när morsan visat att han hittat på.

*

Sigge och Sanna får aldrig nya kläder. Ja, visst har de nya kläder, för det mesta omsydda eller ärvda av kusinerna. Väldigt sällan får de nya kläder direkt från affären. Kanske för att de är fattiga, eller för att Sigge och Sanna inte är farsan och morsans riktiga barn, utan fosterbarn, som de inte vill kosta på lika mycket som egna barn.

– Visst är ni våra ungar! protesterar morsan när Sanna och Sigge pratar om att de är hittebarn.

– Vi kanske är en prins å en prinsessa?

– Nä, och även om ni var fosterbarn, skulle vi tycka lika mycket om er ändå, menar morsan, vi måste spara på utgifterna, så vi har råd med stugan!

– Så det är inte för att vi är hittebarn då? undrar Sanna.

– Nä då!

På sätt och vis är det ändå som om de inte tror morsan. Som om de både är hittebarn och inte. Så fort föräldrarna är orättvisa, eller elaka, misstänker Sigge att de är hittebarn.

Kanske de låg i brunt omslagspapper ute i farstun en dag, morsan öppnade dörren och gav dem mat, de log mot morsan och jollrade så hon inte kunde motstå dem, så de fick stanna kvar i den lilla ettan på Bondegatan. Kanske var det så. Eller så var det på något annat sätt. Sigge och Sanna föddes som vanligt, men det är svårt att tro när morsan är tvärarg eller farsan skäller på dem. Då känns det inte alls som om föräldrarna tycker om dem.

De säger att de gör så för Sigges och Sannas egen skull. Det är bara något de säger för att ursäkta att de blir arga. Inte alls säkert att Sanna och Sigge gillar det i alla fall. Morsan menar att det är för att de är olydiga.

Visst, de retar morsan, men inte ofta. De är väldigt snälla ungar, åtminstone jämfört med andra. De får inte göra något; morsan och farsan förbjuder det mesta. De ska akta sig, så de kan inte röra sig som andra ungar, utan bromsas hela tiden av förmaningar.

2.

Vissa av minnena är naturligtvis bara glimtar av vad som varit, det som en gång var ett annat liv. Vid avtagsvägen som korsar Skogsvägen syns dödskalleträdet där någon har huggit in ett ansikte i barken på en tall. Sigge går in bland slyn och ser noggrant på det. Dödskallen får tallen att se ut som en totempåle.

– Det är för få ansikten, mumlar Sigge.

Sigge sätter sig ner på den tallbarrstäckta marken och tittar på det uthuggna träansiktet.

Det är grovt och enkelt, kådan har runnit ur de vita huggen så ansiktet fått skägg av tårar.

Zamora och de andra är inte intresserade när Sigge försöker intressera dem för att ha det snidade ansiktet på tallen som deras eget märke.

– Man kan göra likadana ansikten och bära runt halsen, så kan vi ha det som bomärke!

– Lägg ägg, tror du att du är nån djävla indian va? undrar Zamora.

Zamora och de andra ungarna skrattar.

Sigge ser sig om, någon kommer. Tänk om det är den som huggit in ansiktet?

Tänk om nån smyger på mej nu?

Tänk om nån gjort märket för att lura mej så jag blir fångad? Sigge reser sig raskt och springer därifrån så snabbt han kan.

De sandalklädda fötterna dunsar dovt när han löper över tallbarrsmattan.

*

Det är illa när Sigge skrubbar sig på knäna och armbågar. Det känns som om sand och grus äter sig in i kroppen. Han vet inte om det läker snabbt nog. Eller snarare, det läker inte snabbt nog.

Sårskorporna stramar och dröjer länge innan de faller av och visar ljusrött, nytt skinn under. Då är det redan för sent. Då har kroppen länge väntat på nytt skinn att det som växer ut inte är tillräckligt bra.

Det tar en evighet att få det nya skinnet. Men, det känns när det är klart. Då släpper sårskorporna. Det känns i kroppen att det är dags.

Morsan menar att det är farligt att pilla bort sårskorpor. Hon säger de ska sitta kvar tills de ramlar av själva.

Men halva nöjet med att se knäna läka är att bit för bit pilla bort kanten på sårskorporna. Ibland gör det ont när han försöker dra bort skorporna.

De nya skorporna är mörkare än de han rivit väck. Ibland ser såret ut som en krater. Som om sårskorpan fyller upp såret till den omgivande hudens nivå. Vissa gånger ligger skorpan utanpå huden, som en upphöjning, eller tröskel.

Vissa sår blir ömma och varar. De läker snabbare om han drar av sårskorpan och klämmer bort varet. Som om varet sitter som en bromskloss i såret. Morsan säger att varet är vad som blir kvar när kroppen värjer sig mot bakterier. Ett slags bajs, liksom.

Sigge är inte övertygad. Men han vet inte vad det annars är. Det dyker inte upp i alla sår han får. Vissa mindre rispor läker utan att han ens har ont av dem. Det överraskar ibland, det finns skråmor han inte märker förrän han ser ljusa strimmor i solbrännan. Då vet han att där har blodet levrat sig och skuggat solen, så den inte kom åt att bränna honom.

Men, såren är aldrig så stora, inte på sommaren. Det är mest sandkorn och grus som fastnar i knäna när han faller som gör ont. Speciellt när morsan ska tvätta med salubrinlösning. Det svider om man tvättar med vanligt vatten, men Salubrin är något extra.

Det känns som huden brinner. Sigge kan inte fatta att det ska vara skönt att ta på salubrinet efter att ha blivit myggstucken. Då är det bättre att ha myggfönstret kvar och inte utsätta sig för någon tvättning med svidande lösningar.

På det hela taget är det där med att göra sig illa inte så farligt. Kapten Miki ser till att det inte gör så ont att han gråter. Så länge det inte är tandvärk klarar sig Sigge fint. Med tandvärk är det annat, då gör det ont.

Sigge hade tandvärk, var på Eastmaninstitutet och fick en tand utdragen. Fick bokmärken av tandläkaren, men det gjorde trots det lika ont efteråt. Han låg och blödde ur munnen på ottomanen i hallen med en handduk under munnen för att inte bloda ner det gröna överkastet med gula stickningar.

Han tyckte inte det blev bättre. Det gjorde fortfarande så ont i munnen att han helst ville somna. Tiden sniglade sig fram tills munnen slutade blöda.

*

Farsan lyfter upp hela stugan med domkraft. Sedan gjuter han nya plintar för stugan att stå på. Därpå gör han betongmurar mellan plintarna för att de ska bli stadigare. Men det finns ett par hål för att golvet inte ska börja ruttna under stugan.

Det finns en ingång till världen under stugan som vätter mot hallonlandet, under köket. Där finns en grönmålad trälucka som går att lyfta bort. Där kryper farsan in med en tjock glasullsmatta.

– Akta dej för denna matta, annars får du damm från den på dej kliar det hela natten! Man kan inte sova om man får sådant på sej! förmanar farsan.

– Jag ska akta mej!

Sigge kryper in under stugan efter farsan. Han håller sig undan från glasullsmattan, klädd med svart krusat papper, fastsytt i mattan med svart glänsande tråd. Mattan ser mjuk ut, Sigge klämmer i ena hörnet på den. Han klämmer samman den, men efter någon centimeter blir det tvärstopp, det går inte att pressa ihop den mer.

– Låt bli mattan, den är gjord av spunnen sten! fortsätter farsan sina förmaningar.

Under stugan är det mörkt och svampigt på marken. Det är skönt att ligga på rygg och titta upp mot brädgolvet.

Golvet är trävitt.

Farsan spikar fast glasullsmattan mellan golvbjälkarna. Han klämmer sedan dit gamla masonitskivor för att hålla kvar mattan. Ljuset under stugan rinner in genom gluggarna i grunden och från den stora öppningen. Det hålet ger mesta ljuset.

Mellan farsans hammarslag hörs ett konstigt susande ljud.

– Vad är det för ljud?

– Luften cirkulerar här, svarar farsan.

– Varför gör den det?

– För att golvet inte ska ruttna! säger farsan.

– Men det är ju fuktigt här!

– Jo, men det skulle vara värre om det inte fanns någon luft, menar farsan.

*

Sigge återvänder till stugan och nu är morsan tillbaka.

– Det är snart dags att äta. Så ränn inte iväg för långt! säger hon.

– Nä då.

Sigge slår sig ner i dörren till boden på baksidan av stugan och kretar på en träbit.

Solen skiner och Sigge är trött. Han lutar sig mot bodväggen.

*

Morsan går till sommar–Konsum på andra sidan Tyresövägen, vid Dalgårdsvägen eller till stora Konsum på Kyrkogårdsvägen, varje dag. Vissa dagar handlar de inte, men sådana dagar är sällsynta. Mest söndagar, då affärerna är stängda.

– Då får vi klara oss, menar morsan.

På söndagarna får de bara lite mjölk och ibland är den gällen. Då går den inte att dricka menar morsan, men farsan bryr sig inte, han dricker den ändå.

Men Sigge och Sanna får inte dricka den, då kan de bli sjuka.

Naturligtvis är det konstigt att farsan kan dricka mjölken, medan Sigge och Sanna blir sjuka om de gör det!

Det är orättvist.

Mjölken är mycket godare när de inte har någon att dricka. Som om Sigge inte vill ha något annat att dricka i hela världen.

Vatten eller saft är inget att ha då, det är mjölk som betyder något!

Andra matvaror förvarar de i det lilla hålet i garderobens golv. Där nere, under en lucka i golvet, med väggar av cement, håller sig maten färsk länge.

Det är kallare i hålet än uppe i stugan. Där ställer de även mjölken.

Det händer att en flaska går sönder när morsan sätter ner den och då ligger det glas och mjölk överallt i cementhålet.

Då är det ett elände att först plocka upp alla glasbitar och sedan torka upp den utspillda mjölken med trasa.

Morsan påstår att mjölken aldrig går att torka upp

26

helt, det ligger för all framtid en del, som surnar där nere och luktar illa. Ofta händer det inte, men morsan blir lika irriterad varje gång och svär i det trånga köket. Hon blir röd i ansiktet, kanske för att det är varmt.

Mest för att hon är arg över all mjölken som ligger där på cementen och är svår att torka upp. Det ser jobbigt ut när morsan ligger på knä och sträcker sig ner i cementhålet med trasan i högsta hugg.

*

Kanske är det när moster Mona kommer in och säger att det är en rackans kråka att leva om som de upptäcker kråkan på allvar. Det måste vara någon vecka innan midsommar, för det finns inte så mycket blommor och papporna har ännu inte semester.

Det är väl ingen som tänker mer på det förrän en av ungarna är på väg till torrdasset. Rätt vad det är hörs ett illtjut från mugghållet blandat med hesa kraxanden. Ungen, det är Sara, kommer springande med tårarna som svallvågor efter sig.

– Fågeln försökte bita mej! skriker hon när hon äntligen lugnat ner sig så pass att hon kan tala så någon av de vuxna förstår vad Sara egentligen menar.

Kråkan flög ner mot henne när hon kom genom hagen till dasset. Sara gjorde på sig direkt och sprang sedan direkt tillbaka till stugan.

Ingen tror det är mer än en tillfällighet. Ungar blir lätt skrämda av sådant som för vuxna inte verkar så farligt. Det är väl först när det blir moster Monas tur att vandra iväg till dasset, som de förstår att den stora kråkan anser dasset som sitt. Den sitter uppkrupen på dasstaket, berättar mostern, och väntar tills hon kommer en femton steg ifrån dasset.

– Då kasta den sej ut i luften å kraxa av bara fasen, säger mostern, jag skrek tillbaka å satte fart mot dasset!

*

För det mesta tänker Sigge inte på råttorna. För det mesta kommer han inte ens ihåg att de lever på sophögen.

För det mesta är de bortsopade ur hans tankar. Kanske för att han inte ser dem. Kanske för att han är rädd för dem?

Möjligen är råttorna rädda för Sigge, men det tror han inte. Alla historier som föräldrarna berättar om råttor tyder på att de är framfusiga och inget hellre vill än att bita honom, eller jaga bort honom från soptippen. Som om han vill vara med dem bland soporna.

De är äckliga, men han är på samma gång fascinerad av dem, kan han inte förneka. Han vill veta om han är rädd för dem, eller inte.

Helst vill han inte vara rädd för dem, det vore bäst om han inte var det, om han kunde låta bli att tänka på råttorna. De finns i hans huvud, sticker fram nosarna och stirrar på honom.

Deras svarta ögon strålar förebrående mot honom.

Som om han inte längre vet om råttorna är hans ovänner eller om de är hans vänner. Sköter han sig och låter bli att rota i soporna får han aldrig reda på hur det är.

Råttorna gömmer sig och för att träffa dem måste han till soptippen och leta efter dem. De kommer inte frivilligt fram till honom och han går inte gärna till dem. Han måste tvinga sig, han måste övervinna sin rädsla för råttorna för att kunna träffa dem. Det är mycket komplicerat, han vet inte om han kan träffa råttorna, inte ens om han anstränger sig.

Kanske stöter han på dem av en händelse någon gång. Men han vill helst veta på förhand när han ska träffa dem, om han över huvudtaget ska träffa dem. Han vill veta.

Han vill inte bli överraskad av råttorna. Det är otäckt. Det räcker med allt otäckt som ändå hänt. Nu vill han veta på förhand om det händer något hemskt. Då känns det inte alls otäckt. Det är mycket mer uthärdligt.

Som om det inte är så farligt.

*

När Francisco sitter barnvakt blir det full fart och roligt, han skojar med dem så de knappt kan somna. Francisco gör en massa miner och säger skojiga saker.

Sanna och Sigge skrattar.

När Francisco sitter barnvakt handlar det om att vakta barn, Francisco tar sitt uppdrag på allvar. Han lägger en brödkniv bredvid stolen han sitter på. Stolen är vänd så han kan se vem som går fram mot dörren ute på tomten.

Hans raka indiannäsa avtecknar sig mot ljuset där ute.

– Kan inte du berätta en saga, Francisco? frågar Sanna.

Sanna lägger huvudet på sned, så Francisco inte kan motstå henne.

– No inte perätta, no sofa, lilla varnet, skrattar Francisco medan han stoppar om Sanna.

– En kort en bara!

– Nej, no inte peretta sagan.

Francisco slår sig ner på sin bruna vaktstol.

Sigge ser på honom där han sitter på stolen. Han har näsa som en indian och hans svarta hår blänker som asfalt i regn. Han pratar underligt, men är snäll.

Francisco är snäll, men han är väldigt spänd och uppjagad när han sitter barnvakt åt dem. Rätt vad det är springer han upp

– Qien es? Vem vara? Vem vara? ropar Francisco genom det halvöppna fönstret.

Ingen svarar där ute.

*

Sigge sneddar över Tallis och tittar på Dödskalleträdet, som ser mycket hemskare ut än vanligt.

Sigge står en stund och tittar på det uthuggna träansiktet i tallstammen. Kådan har runnit ner från ansiktet som tårar. Han undrar om ansiktet är gjort med kniv eller yxa. Han tror på yxa.

Skogsvägen ligger öde. Sigge svänger höger och går längs vägen tills han når dasset och sophögen.

När han ser längs vägen med den lilla backen i höjd med Glädjen försvinner vägen upp i himlen.

Men när han kommer närmare ser han hörnet på en stuga som ligger i samma kvarter som Zamoras farmors. Då känner han igen sig.

Hos GångeRolf står korna av masonit ute på gräsmattan och betar som vanligt.

Soptunnorna luktar surt och solen skiner. Sigge kavlar upp byxbenen på jeansen och det blir mindre varmt.

Tant Bengtsson, glasmästarens fru, vinkar till honom. Sigge vinkar tillbaka. Hon säger något, men han fattar inte, så hon upprepar det.

– Du ska gå hem, din mamma undrar var du är! säger Tant Bengtsson.

– Jag är på väg! svarar Sigge.

– Det är bra Sigge! Skynda dej på nu så mamma slipper vänta!

Sigge ökar inte takten. Han går in genom grinden vid bersån. Morsan ser upp när Sigge kommer in på tomten.

*

Kalle Anka, Vilda Västern och Texas Jack ägnar Sigge mycket tid. Bilderna i serietidningarna är spännande. Han förstår oftast utan att kunna läsa. Ibland måste morsan läsa pratbubblorna. När Sigge läser om Kalle och Kapten Miki lever figurerna i hans huvud och kan se vad han tänker, gör och vill.

De tittar förebråande på honom om han inte gör som de brukar göra.

Då dyker den rättrådige kapten Miki upp i huvudet på Sigge och ser ledset på honom. Då är det svårt att vara olydig. Då vill Sigge göra som kapten Miki, vara som kapten Miki och veta vad som är riktigt. Då vill han inte bara vara Sigge. Då vill han kunna allt kapten Miki kan. För kapten Miki kan nästan allt.

Han råkar inte i bryderi för att han inte vet hur han ska ta sig ur en knipa, kapten Miki har alltid utvägar. När han tappat sina revolvrar kastar han sand i ögonen på bovarna. Sigge skulle aldrig komma på det, därför gillar han kapten Miki. Sigge vill bli som kapten Miki när han blir stor, helst vara som kapten Miki redan nu, när han behöver det.

*

Förmaningarna sitter inne i huvudet på Sigge och säger: nej, nej när han gör något förbjudet. Då hörs den metalliskt klingande rösten och han kan inte stå emot. Han måste kolla om någon vuxen ser honom.

Finns någon i närheten måste han lyda den metalliska rösten, annars gör han som han har lust. Som om rösten i hans huvud bara gäller när någon vuxen ser honom. De storas röster talar i skallen, förbjuder roliga saker, hindrar honom att hänga med de andra ungarna.

Den metalliska rösten tvingar honom att avstå. En ilsken röst, en kombination av morsans och farsans röster, deras förmaningar och skäll. Rösten mal och får honom att dra åt sig fingrarna när han vill nalla bär, eller palla frukt.

Då rycker rösten honom i armen så handen hänger ned utan att göra något.

Precis som om rösten har en tråd i armen på honom; en tråd rösten rycker i. Ryck som håller honom någonstans i mitten, långt ifrån roliga och frestande saker. Utom räckhåll; precis så han inte når. Precis så han inte kan göra vad han vill, precis så han misslyckas.

Hela tiden är han nära det han vill, samtidigt långt ifrån.

Finns någon vuxen i närheten kan han inte följa med de andra ungarna på deras äventyr. Då måste han stanna på rätta sidan staketet, måste låta bli att göra som de andra.

Det är trist...

*

När Sigge en dag äter en Rivalkola han sparat länge, han har faktiskt haft den med sig från stan, så sitter han med papperet i handen en lång stund och bara tittar på det. Han viker ihop det och det ser ut som om det fortfarande finns en kola i det. Han öppnar papperet på nytt.

Så får han syn på en synål, som ligger på fönsterbrädan mellan blomkrukorna. Han drar ur den röda tråden ur nålens öga och lägger nålen på tvärs i kolapapperet så det går att vika samman igen. Nålen syns inte och

33

det ser ut som om en helt vanlig kola. Den är lite för lätt, men den ser avgjort ut som en kola.

Han lägger den på bordet bredvid morsans Zebradeckare. Sigge sätter sig och bläddrar i VeckoRevyn från förra veckan. Prins Valiant har hamnat i en grop med sitt svärd inlindat i trasor. Han kämpar hårt för att ta sig upp ur gropen.

– Aj! säger morsan, va har du lagt i kolan?

– Oj, ja trodde inte du skulle göra dej illa, säger Sigge.

– Men nu gjorde ja de, muttrar morsan och hennes ögon är svarta när hon stoppar tummen i munnen och suger på den.

– Ja trodde du skulle bli överraskad, förklarar Sigge.

– Jo, skrattar morsan, de kan du skriva upp att ja blev!

– Gör de ont?

– Nä, de gör de inte, inte så farlitt i alla fall, ler morsan, men gör inte såna dumma saker igen.

– Nä, lovar Sigge.

*

Solen brinner som blåslampan farsan använder att ta bort färg med. Kanske bränner solstrålarna vilken sekund som helst hål i huvudet på honom. Som om skallen kokar, men det är inte konstigt. Kanske han går omkring med kokt hjärna i eftermiddag. Möjligen blir han glad över det, kanske mår han dåligt till kvällen, antagligen blir han inte så varm om huvudet om han har tur.

Sigge ser lågt under solen, som om ögonen inte

orkar tränga genom värmedallret omkring honom, som om det är oändligt långt till skogsbrynet, som om han aldrig kan se så långt, än mindre gå biten bort till skuggan.

Sandgropen är en öken och Sigge mitt i den. Öknen omger honom på alla sidor och tar aldrig slut. Åtminstone inte så länge solen bränner så starkt att den hotar att koka hans huvud. Så länge solen hotar på det sättet är det ingen fara.

Är det verkligen öken i sandgropen? Inte bara nu, utan alltid? En hel massa sand och starkt solsken, just nu är det öken. Kanske det är en maskerad öken andra tider, som om det finns en riktig öken gömd där inne bland all sanden. Om all sand i själva verket är en stor öken. Eller åtminstone en liten. Kanske den inte ens är gömd, utan syns hela tiden? En öken som alltid syns är en riktig öken, man behöver inte bry sig om något annat, en öken är en öken. Är den riktig ändrar den sig inte. Bara låtsasöknar blir annorlunda.

Då kan det vissa ögonblick kännas väldigt ödsligt, som om öknen är en öken och samtidigt, som om den inte är det. Båda sakerna på samma gång. Väldigt underligt! I alla fall inte som om det säkert är antingen en låtsasöken eller en riktig. Svårt att veta!

Om öknen är varm är den riktig. Om en sandgrop är varm, så är den också en öken; samtidigt är den inte det. Den är en sandgrop och öknen en öken.

Så, är det solsken i en sandgrop, så är den en öken, en sandgrop med solsken är kanske bara en sandgrop. Inget annat än en sandgrop. Ändrar solen på den? Gör solen den till öken? Den gör ingen sandgrop sämre, den gör gropen till öken; där är hett, torrt och en massa sand. Vägen genom sandgropen blir en ökenväg, som briserar i hetta och sol som torkar ut marken och bränner ögonen, det är svårt att se skogsbrynet.

Finns all ökenkänslan inom honom? Är det bara låtsaslekar och inget verkligt; ser det annorlunda ut om han inte tänker på att det finns riktiga öknar och sådana som är på låtsas? Kanske hans huvud inte skulle kännas så varmt och kokande om han låter bli att fantisera samman öknar?

För det mesta kan han skilja på fantasi och verklighet. Han har oftast ingen svårighet att veta var han befinner sig. Om det är riktigt eller fantasi, vad de stora kallar sanning. Ibland är det stor skillnad, som om de stora inte bryr sig om att låtsas. De vill att allt ska vara redigt så de kan skilja mellan saker och ting.

De förstår inte att fantasierna håller honom sysselsatt jättelänge; att fantasin hindrar honom att komma hem i tid till middagen, att den är skimrande och rolig på samma gång. De fattar inte att fantasin är verklig. Det är trist, så Sigge undviker att berätta för morsan och farsan om fantasierna. De är inte verklighet för dem. De menar att makaroner är makaroner och att de inte kan vara maskar eller larver som kryper omkring på tallriken. De tycker han är underlig och besvärlig när han inte vill äta makaronerna för att de blivit maskar.

De är fantasimaskar, det vet Sigge, de är verkliga ändå. De är låtsasmaskar, men lika levande som riktiga maskar han plockar ur någon murken stubbe

och lägger på tallriken. Men föräldrarna anser att han
kinkar när han bara vill ha falukorven och inte vill
äta upp makaronerna.

– Dom rör på sej, påstår Sigge.

–Nä, vet du vad! fräser morsan, det gör dom inte alls!

– Jo, dom kryper omkring!

– Nä, larva dej inte nu! Det är bara å äta opp, eller
gå från bordet!

– Jag vill inte ha!

– Inte jag heller! säger Sanna.

– Nu äter du din mat, Sanna, å håller mun! säger
morsan med skarp röst.

– Jag tycker dom rör se! säger Sanna nu.

– Nu slutar ni å fjanta er! väser morsan.

– Jag fjantar mej inte! hävdar Sigge.

– Jo, det gör du!

– Nä!

– Jo, det är go mat å nu är du så go å äter opp den!

– Ja vill inte äta mask! säger Sigge.

– Vilke larv! Det är ju makaroner, som vi köpt i
Konsum. Du va själv me!

– Det är mask!

– Då går du från borde!

– Ja, svarar Sigge och går därifrån.

Han går ut på trappen.

–Mask! fnyser morsan, ja har då allri hört på maken!

Sigge står där ute en stund och ser på den blå cy-
keln. Han kan lika gärna äta upp maskarna. Så han
går tillbaka in på verandan.

– Så det passar nu?

– Ja.
– Är det fortfarande mask?
– Nä!

3.

Solen lyser ljust högst upp på tallstammarna och träden ser ut att brinna, som om lågor slår ut från dem. Ser skrajset ut; om det ser ut så när det inte brinner, hur ska det vara när det brinner på riktigt? Som om träden och solen försöker skrämma honom, skrämmas så han inte ska tycka om skogen.

Sigge vill inte bli skrämd av träden. Han vill kunna titta på dem, kunna se dem vaja i vinden och veta att de finns där nästa sommar också.

Tallarna är så höga att de försvinner upp i himlen. Knapp marginal innan molnen fastnar i kronornas taggiga bollar. Om ett moln fastnar vill Sigge klättra upp och känna på det.

Han vet inte om det går att klättra uppför tallstammarna, men han vill gärna få reda på hur molnen känns. Morsan blir galen om hon ser honom klättra upp, men det vore kul.

Träden lever. Precis som djur, så står de höga pelarna av trä och tänker i vinden. De tycker om när solen skiner och när det duggregnar. Då trivs de.

Det vore mysigt om det blev varmt och barmark några dagar, så han började längta efter snön igen. När det är snö är det för mycket och ligger alldeles för länge. Där tycker tallarna och han lika. Skillnaden är att Sigge inte står ute på vintern. Tallarna står med rötterna i snön och kan inte gå in och dricka varm choklad med mackor.

Träden är sig lika år från år. Så långt Sigge kan minnas har de sett likadana ut. Som om pratet om att de växer inte bär syn för sägen.

Verkar inte som om de blir större, som barn blir när de växer. Men träd kanske växer ner i jorden? Gräs sticker uppåt när det växer, men Sigge kan inte se någon skillnad på träden från år till år, trots att farsan säger att de växer.

Träden är underliga på andra sätt också. De står stilla så länge att han inte ser att de flyttar sig, men Sigge är säker på att de flyttar sig.

De flesta träden på Röda Backen står på nya platser. Några står på sina gamla ställen, men alla andra flyttar sig. Träden ser han vart han vänder sig. I stan finns inte många. I parkerna förstås. På gården växer bara några ynkliga träd, inte så stora som i Röda Backen, eller ens på tomten.

Träden trivs bäst på landet. Det skulle se konstigt ut om gatorna och trottoarerna var fulla med träd, då skulle han inte kunna gå som han vill. Bilarna skulle inte kunna köra på gatorna. Det skulle bli fullt av löv på gatorna om höstarna när de tappar löven.

Det kanske skulle bli som i skogen. Fast kanske inte; bilarna skulle tuta och chaufförerna vara arga för att träden stod i vägen för dem. Så det blir ju inte som i skogen, i skogen finns inga bilar, där är det bara gräs, mossa, träd och djur.

40

*

På söndagskvällen äter de i bersån. På bordet står skålar med potatis, kött och grönsaker. Åtta personer kring bordet.

– På lördag är det ja som tar ut geväre å skjuter kråkfan! säger morbror Torsten.

– Torsten, säger morsan, tänk på barna!

– Ja, ja, men vi måste väl bli kvitt den?

– Språket Torsten, språket! menar moster och ser på morsan, de ler mot varandra och ruskar lätt på huvudena.

– Man kanske konne tau den me meitspö? Vad äder kråkor? funderar farsan.

– Nåt djurplågeri vill jag inte va me om! fräser morsan och blir röd i ansiktet, meta kråker, ja har väl allri hört på maken!

– Farsan, kan vi inte lägga gift påren? undrar kusin Nisse.

– De heter inte lägga gift på den, avfärdar morbror Torsten honom.

– Taur do mi daj bössan på lörda, Tårsten? frågar farsan.

Torsten nickar och morsan och moster ser ut som om de ska prata med varandra när vare sig karlar eller ungar är med. De börjar slamra med att plocka samman disken.

*

Sigge stannar och väntar att de andra ungarna ska återvända. Han är stolt att han inte cyklade iväg tillsammans med dem.

Snart kommer de cyklande och bromsar in framför honom. De har stora, uppspärrade ögon.

– Vad sa hon? undrar Zamora.

– Att du våga! berömmer Storstigge.

– Äh, hon är inte farlig! fnyser Sigge.

– Hon snackar så konstigt! menar Zamora.

– Det gör många, konstaterar Sigge.

– Nu skiter vi i det, nu ska jag pissa! muttrar Storstigge.

Storstigge grenslar cykeln och trampar mot dasset.

– Jag också, muttrar Sigge.

– Jag med, menar sanna.

De går bakom torrdasset. Där sträcker sig kissbacken upp mot Röda Backen, sluttande upp mot träden. Längst upp växer frodiga rönnar som skuggar kissbacken. När de pinkar där har de torrmuggens dörrar bakom ryggen. På själva kissbacken växer det dåligt.

De pinkar genom att ställa sig så de tittar upp i backen. Sedan plockar de fram snopparna ur brallorna.

Storstigge pinkar redan när Sanna och Sigge kommer runt knuten. Sigge pinkar som vanligt och till hans förvåning gör Sanna också det.

– Fan, tjejen står och pinkar! konstaterar Storstigge.

Storstigge stirrar på Sanna med vidöppen mun, han ser dummare ut än vanligt.

Sanna står och pinkar och det har han aldrig tidigare sett en tjej göra.

42

– Du fuskar, bergis har du en gummituta du kläm-
mer på! menar Storstigge.

– Nä, jag kan stå och pinka jag med! fnissar Sanna.

Sanna gör inte som grabbarna. De använder en hand
att hålla snoppen med. Sanna använder båda händerna.

Sanna står bredbent och skjuter fram underlivet,
sedan hjälper hon till med händerna så strålen tar
mark framför fötterna.

– Du fuskar! menar Storstigge.

– Gör jag välan inte, jag pinkar som en kille, det är
precis vad jag gör ju!

– Det kan inte tjejer göra, så det sa.

Storstigge fortsätter stirra på Sanna, när hon pinkar
som en kille.

– Jag kan!

– Du fuskar ju!

– Äh! fräser Sanna.

– Låt henne vara! säger Sigge.

– Pinka en gång till så jag får se ordentligt? ber
Storstigge.

– Kan jag väl.

Sanna pinkar på nytt. Hon gör samma rörelser,
pinkar som en kille med krokig rygg.

– Du är inte klok! skrattar Storstigge.

– Är jag ju! menar Sanna.

Sanna slutar pinka.

– Visst! menar Sigge.

– Grabbar, kom och kolla, bruden pinkar som en
kille! skriker Storstigge.

– Nä, då går jag! säger Sanna.

Hon drar upp underbyxorna så kjolen fastnar.

Storstigge och Sigge följer efter.

När de kommer ut på framsidan av torrdasset står ungskocken där och blänger.

– Kan du inte visa oss också? ber Annelie.

Kom, Sanna, så får vi se? säger Lillstigge.

– Nähä.

Sanna glider med lugna tramptag iväg på sin röda cykel.

– Du kan väl be henne, så att dom andra får se? tycker Storstigge.

– Lägg av, hon vill ju inte! menar Sigge.

Sigge går därifrån, fru Sörensen rensar ogräs i sina land. GångeRolf sitter på verandan och snör på sig skorna. Han tittar på korna och gör sig klar att ge sig ut på en av sina evinnerliga promenader. Vid stugan ställer Sigge cykeln under körsbärsträdet.

– Ställ cykeln i bersån! skriker morsan från verandan.

Sigge gör som morsan säger.

Han kastar en blick över axeln och kollar den blå cykeln.

Nästan som om cykeln försvinner där inne bland de gröna syrenbladen. Ser inklämd ut.

*

När de kommer till stugan på vårkanten har Lena i Glädjen en nästan tam ekorre. Den gömmer sig under hennes kofta och sticker ibland fram huvudet och kikar på dem med pepparkornsögon.

Lena hittade den när den satt stilla i snön och stirrade. Den sprang inte undan, så Lena antog att den var sjuk. Hon bar hem den och gav den varm mjölk med en gummituta man sköljer bort vaxproppar i öronen med. Sedan dess är ekorren pigg och bor i Glädjen. Glädjen ligger granne med farsans potatisland. Glädjen syns bakom syrenbuskarna ovanför potatislandet om man står vid stugan.

Ekorren är bland det finaste Sigge sett, Sanna kan inte heller ta ögonen ifrån den.

– Sträck fram ett finger, så nosar han på det! säger Lena.

Ekorren sticker fram sin lilla kolsvarta nos, som är blöt och snusar lätt på hans pekfinger. De små morrhåren kittlar, så lägger ekorren ena framtassen på Sigges pekfinger och tittar bedjande på honom.

– Gen inge bröd, det blir han dålig i magen av! varnar Lena.

– Va kan man ge den da?

– Den äter nötter å limpa, men han har redan fått mat idag.

Det är kul att titta på ekorrens pigga små ögon och ivriga tassar när den smyger runt i Lenas kofta och ibland sticker ut nosen och tittar på dem. Sigge vill gärna ha en ekorre.

– Nej, säger morsan när de kommit ner till stugan, det är ett vilt djur å dom tar man bara hand om när dom blitt skadade, som Sannas!

– Men om jag hittar en ekorre som e skadad da, får jag behålla den då?

– Ja, skrattar morsan, det får du, men chansen å
hitta en e liten. Du ska inte tro att det bara är å gå ut
å hitta en!

– Men jag får behålla den?

– Javisst!

Snön ligger kvar där solen inte kommit åt den. I
drivorna letar Sigge först, eftersom Sanna sa att hon
hittat sin ekorre i en driva. Efter ett tag inser han att
morsan har rätt, det är inte lätt att hitta en skadad
ekorre. Han ska hålla ögonen öppna efter ekorrar i
framtiden.

När han kommer tillbaka har morsan kokat vatten,
det är dags att dricka te. Morsan säger att det är viktigt
att Sanna och Sigge dricker varmt, när det är kallt ute,
då fryser de inte så mycket.

– Nå hitta du någon ekorre? undrar morsan och
häller upp tevatten i kopparna.

Det ryker i hela stugan av det varma tevattnet.

– Nä, svarar han, men jag ska titta tiss jag hittar en.

– Det är bra, nu e teet färdigt. Såg du Sanna nånstans?

– Hon e därute!

– Sanna kom in, det är te! skriker morsan, men då
står Sanna redan i dörröppningen.

– Jag är inte döv!

– Oj då, jag trodde du va längre bort! fnissar morsan.

– Men det va jag inte va?

– Nä, det var du inte!

– Finns det bullar? undrar Sanna hungrigt.

– En var, bara en, kom ihåg det, säger morsan, pappa
ska också ha!

– Va e han da?

– Hos Storjuttan för å titta på ett fönster som fastnat!

– Skulle han ta loss det åtna? undrar Sigge.

– Jag antar det, om det nu går!

– Om han inte kommer, får ja hans bulle då? undrar Sanna.

– Klart han kommer, menar morsan, verkar bara bli lite sen! Vi ska ta med oss fler bullar nästa gång!

– När är det? undrar Sigge.

– Nästa lördag, eller om fjorton dar.

– Hur länge är det? undrar Sanna.

– En, eller två veckor, förklarar morsan.

– Kan vi inte åka på lörda? frågar Sigge.

– Fråga pappa, han vill inte ut förrän man kan så, säger morsan och tar en klunk te.

– När kan man det? undrar Sanna.

– När det är tillräckligt mycket sommar, säger morsan.

– Jorden måste reda saj först, säger farsan som just kommer in.

– Va är det? undrar Sigge.

– Den måste va klar att så i, förklarar farsan, om man tar den i hannen ska den falla sönder, då är det dags!

– E de inte dags på lörda? hoppas Sigge.

– Kanske.

– Ska vi åka hit å se?

– Naj, det behöver man ente, säger farsan, om det är varmt hela vickan är de nog klart att så om lörda!

– Då åker vi ut va?

– Ja, om joren rett saj!

– Då åker vi da?

– Tjata inte så mycket Sigge, vi få se hur varmt det blir, säger morsan.

– Vikken da?

– Mitten av veckan, svarar morsan, drick ditt te nu innan det blir alldes kallt!

– Ska du ha din bulle, pappa? undrar Sanna.

– Min själ ska ja så!

– Du får mera när vi kommer hem, då ska vi äta lagad mat, säger morsan.

– Vad ska vi äta?

– Fläsk å makaroner, tror Sigge.

– Nä, men köttbullar å makaroner, säger morsan, i morrn blir det bruna böner me fläsk.

– Va äcklitt! utbrister Sanna med en halväten bulle i handen.

– Åja, det går nog å äta, när det blir så dags.

– När ska vi åka hem å äta då? undrar Sanna.

– När vi e klara här. Spring å lek nu, så ni hinner med det ordentlitt!

*

Sigge går ut, Sanna sätter sig på trappan. Sigge betraktar träden, som har nakna grenar och kvistar. Bladen kommer när det blir varmt, säger farsan. Han går runt stugan och kollar tomten, det är blött och lerigt och trångt på något sätt, som om han inte får plats. Kanske för att han helst vill gå på stenplattorna, eftersom han halkar när han går i lervällingen bredvid.

Kanske det blir djungel i hallonlandet i år också. Det är skoj när hallonplantorna växer så han kan gömma sig. Han hoppas de växer högt i sommar, så kan han smygäta av hallonen också. Roligast är att leka djungel. Fast de får inte hugga ner hallonen med djungelkniv för då blir morsan arg.

De får inte ens ha kniv när de är ensamma. Bara när morsan eller farsan ser dem. I stugan har Sigge inte skurit sig, men i stan gör han det i köket när han kretar på en pinne. Han lånar farsans morakniv, en med mörkare rött skaft än de knivar Sigge sett tidigare. Han skär sig vänstra pekfingret så blodet forsar. Morsan gör bandage åt honom, sedan får han inte använda den kniven ett tag.

Sigge studerar sitt kisställe, på sommaren är gräset dött där, nu hittar han det inte. Han vill kissa där, men nu har han så mycket kläder att det är bättre att låta bli tills morsan eller farsan hjälper honom knäppa upp. Konstigt att kisstället inte längre syns. Kanske gräset dött. Han hoppas alla blommor ska komma igång snart. Nu är det bara smutsigt på tomten. Det är kallare när det är smutsigt.

I veckan som följer är Sigge oroad för vädret. Några dagar regnar det och då är han övertygad om att det inte blir tillräckligt varmt. Men på lördagsmorgonen, innan farsan går till jobbet, säger han:

– Jorden har rett saj, vi åker ut till stugan i eftermidda!

– Va bra!

Sigge kan knappt tåla sig tills eftermiddagen när farsan kommer hem från jobbet. Morsan brer mackor och lägger dem i smörgåspapper. Sigge och Sanna är på gården och leker, men det finns inte några roliga lekar kvar.

Det verkar som tusen ting ska göras innan de kommer iväg. Alltid är det mycket som ska med, mycket som ska ordnas för att de ska stanna en eftermiddag i stugan. När det blir varmare är det lättare, då sover de över. Men så länge det är kallt om nätterna ligger de inte kvar, då är det rått och fuktigt i sängkläderna. Morsan vill torka sängkläderna, det är inte nyttigt att sova i fuktiga lakan, då kan man få lunginflammation.

När farsan kommer äter han. Sedan ger de sig iväg så snabbt att Sigge blir förvånad, annars går det långsamt när de ska iväg. Nu är det väldig fart. Farsan har en stor randig tygpåse med frön. Mest frön han sparade sommaren innan, men i påsen finns också några papperskuvert från Weibulls. På dem finns bilder i färg, där man ser hur fröna ser ut när de kommer upp ur marken. Köpepåsarna är inte många. Det mesta sparar farsan, det ska inte vara så dyrt att odla.

De tar med några lökar som legat i skafferiet under vintern och väntat på våren. De blir blommor. En del blommor klarar inte vintern, därför har de dem i skafferiet.

Sättpotatisen har farsan redan kört ut bakpå motorcykeln. Potatisen ligger i stugan och väntar på att de ska sätta den.

När farsan for ut med potatisen kollade han att jorden rett sig. Det är rätt tid nu, det är dags! Våren har kommit och det är tillräckligt varmt att sätta fröna.

Det är för att fröna är så små man måste vänta tills det är varmt, för att de inte ska frysa när man stoppar ner dem i marken.

När de kommer fram har solen gått i moln. Sigge blir ängslig att de inte kan så. Farsan menar att det inte spelar någon roll, det är ändå inte värmen på dagen som är viktigast, utan hur varma nätterna är. Om det är varmt eller kallt på nätterna vet inte Sigge, då sover han inomhus, men farsan säger att nätterna är så varma att det går utmärkt att sätta fröna.

Farsan börjar gräva och snart är en stor del av potatislandet uppgrävt. Farsan gräver inte djupt, jorden i landet vände han redan i höstas. Nu gräver han för att jorden ska kunna andas. Där han grävt kryper daggmaskarna i dagen, strax dyker några sädesärlor upp och vippar omkring bland jordkokorna med sina långa stjärtar och svartvita huvuden.

När sädesärlorna vippar omkring, börjar Sigge gräva i landet med en käpp. Det går inget vidare, men det är roligt och han är så fångad i grävandet att han inte märker att farsan lämnar potatislandet och pratar med Sannas mamma i Glädjen. Farsan kommer tillbaka med famnen full av verktyg.

– Di här feck du av Tanten, berättar farsan.

Sigge ser upp mot det stora, rödmenade huset och ser Tanten i ett av fönstren.

Han bockar i riktning mot henne, hon ler och vinkar tillbaks.

En spade, en hacka och en kratta, precis som farsan har, fast mindre så de är lagom för Sigge. Han sätter genast spaden i jorden, det är lätt att gräva med den, åtminstone jämfört med pinnen.

– Di va ente dumma, va? skrattar farsan.

– Jättefina, håller Sigge med och fortsätter gräva.

– Tya daj litt.

Det vore inte så dumt att dricka lite, så Sigge tar med sig hackan och krattan bort till stugan. Han visar dem för morsan, som tycker de är fina.

– Du måste tacka tanten ordentlitt, innan vi åker hem!

– Är det inte dags å äta? undrar Sigge.

– Är du hungri? undrar morsan, ja herregud, klockan är ju mycket, nu får vi allt sno oss på om vi ska hinna med att så lite innan det är dags å åka hem! Jag ska sätta på tevatten, så säjer du till pappa att det är dags!

När Sigge kommer ut i potatislandet har farsan grävt färdigt. Han lutar sig mot spadskaftet med ena trätofflan på spadbladets rygg. Pipan är tänd.

– Ska vi så här?

– Ja, här blir det! säger farsan och pekar med pip-skaftet över den stora ytan, nästan en fjärdedel av potatislandet.

– Vi ska dricka te nu!

– Bra, gå före du, så kommur jag straxt! säger farsan och blåser ut en smula blå piprök.

Han röker Riks Shag, i gula paket. Tiger Brand, som portisen röker, är mer spännande. Men farsan ändrar sig inte, han köper sin Riks Shag med Tre Kronor på paketet.

När de druckit te och Sanna bara ätit en bulle för att hon inte orkar två, är det dags att så. Farsan gör

ränder med krattskaftet i jorden och där ska fröna
ner. Rödbetsfrön, som ser ut som torra brödsmulor,
morotsfrön som är jämnare och mer liknar frön, som
de ska se ut, gula ärter och stora bondbönor, små
bruna rädisfrön och andra, som Sigge inte känner
igen. Vissa frön är så dyra att Sanna och Sigge inte
ens får ta dem i handen och titta på dem.

Men ärter får de så och rädisor och persilja. De
växer hur man än gör med dem. Det gör inget om de
inte står exakt i raderna. Sigge sår flera rader ärter
och farsan lär honom hur han ska mäta med handen
så ärterna växer med jämna mellanrum.

Sanna sår också ärter, men spiller några bredvid
raden och börjar gråta. Då lyfter farsan upp henne
och säger att det inte gör något, ärterna kan man ta
upp i näven och lägga rätt i raden. Sanna slutar gråta
och plockar upp ärterna och lägger dem i raden is-
tället för bredvid. Sedan ler hon mot farsan och han
skrattar tillbaks.

Farsan sår flest frön, gurkorna sår han på ett särskilt
ställe och det är väldans långt mellan gurkfröna.

– Di bler så stora sedan! berättar han.

Sigge tror det tar lång tid för gurkorna att bli så stora
att de täcker det stora landet, men farsan är säker på
att han gjort rätt.

De är färdiga med sådden. Farsan tar krattan och
lägger försiktigt igen alla rader med frön och trycker
sedan till jorden med krattan för att fröna ska få fäste.
Får de inte det orkar de inte klättra upp genom jorden.

– Ja, så får vi hoppas att gråsuggorna ente tar fröna!

– Va e gråsugger? undrar Sanna.

– Gråsparvar, skrattar farsan, di äter allt.

– Inte våra frön väl? frågar Sigge.

– Ente om vi har tur!

– Då måste vi ha det!

– Dumma fåglar! säger Sanna ilsket och stirrar bort mot de förvildade plommonträden i kanten av potatislandet där fåglarna gömmer sig.

– Ja di kanske ente tar fröna!

De ställer redskapen i boden bakom stugan. När Sigge ställer in sin spade luktar han på jorden som klibbar på bladet innan han skrapar bort den. Det luktar gammalt om den fuktiga jorden, luktar vinter, vår och snar sommar.

54

4.

I hörnet av det vidsträckta potatislandet står vatten-
tunnan, en stor gråsvart trätunna från något bryggeri.
Den står på en planka tvärs över svängen på diket,
just i den skarpa vinkeln.

Vid tunnan finns en vattenkran, röret till kranen
stöds av en gammal trött trästolpe. På tunnan växer
nedtill lite ljusgrön mossa. På den sida av tunnan som
vätter åt potatislandet som farsan arrenderar av tanten
i Glädjen läcker den en aning.

Ibland kommer en rödbrusig farbror i en stor grön
lastbil och parkerar vid vägkanten, stiger ur och går
fram till tunnan och tvättar sig. Han tar fram en tvål-
ask av svart plåt ur fickan och lägger den på stolpens
ovansida.

Sedan blöter han ansikte, armar och händer. Farbrorn
tvålar in sig och sköljer sedan av sig det vita löddret.
Instucken i den svarta svångremmen har han en vit
handduk med röda bårder. Han frustar och spottar
sedan ymnigt på de frodigt gröna pepparrotsbladen
som sticker upp ur diket under tunnan.

Sedan tar han handduken ur svångremmen och tor-
kar sig. Han kastar en blick på Sigge och blinkar mot
honom, då går Sigge till baksidan av stugan.

Denna gång vinkar farbrorn till Sigge när han stiger
upp i hytten på lastbilen och åker vidare mot stan.

*

Landet smakar varma hallon, solen skiner på landet från blå himmel och på vintern minns de landet. Alla har sitt land, utom de som inte har något. Det är rätt många. Sigge och Sanna har sitt land att åka till, de kallar det stugan. Ungarna på gården talar om sina land. Alla landen ligger nära stan, mest kolonistugor och sportstugor. Konstigt nog är alla landen olika.

Berras land är mest olikt av alla. Berra klarar sig inte bra på gården. Inte så att han är ding och måste gå i sele och bära hjälm. Han hänger bara inte med när ungarna på gården snackar. Berra försöker, han försöker för mycket. Berra smäcker, hittar på.

Något med Berra är jobbigt. Berra påstår att han har allt. Det är bara en hake, han har allt på landet. Ungarna på gården får aldrig se grejorna. De finns på Berras land, säger Berra.

Som om alla ägodelar Berra och hans föräldrar skaffar sig flyttas till landet för att ligga ifred där större delen av året.

På landet finns alla Berras fantastiska leksaker. I stan har han har inte märkvärdigare saker än de andra ungarna.

Berra har utbordare och kastspö, plus en massa andra grejor. Han har alltid bättre grejor än alla andra tillsammans. Det är som om det bästa inte är gott nog åt Berra när han ljuger. När de frågar var grejorna är har han bara ett svar. Det är enformigt i längden.

Sigge förstår inte varför Berra inte fattar att ungarna snappar att han hittar på.

– På landet, svarar Berra när någon frågar.

De mest elaka ungarna, som Tjockstigge till exempel, kallar Berra för "På landet". Egentligen är det synd om Berra, säger morsan. Inte för att Tjockstigge kallar honom öknamn, utan för att han inte slutar ljuga.

– På landet, fortsätter Berra, som om han inte tröttnar, eller räknar efter att han måste ha ett hyreshus för att få plats för alla grejorna.

Kanske Berra inte ens vill ha alla grejor han ljuger ihop under vintrarna. Han ljuger ihop en ny sak för varje lek. Det är kanske hans försök att vara med. Det är synd om honom för att han är för dum för att fatta att alla på gården förstår att han ljuger. Han är så efter att han måste hitta på alla grejorna för att hänga med.

– På landet, säger Berra tvärsäkert utan att blinka, som om det är första gången.

– Skitsnack, det har du ju inte! skriker Tjockstigge och skrattar Berra i ansiktet.

Då blir Berra arg.

– Jo, för det har jag ju! skriker han.

– Var har du den dära kikarn då? undrar Tjockstigge och ser på de andra ungarna för att kolla dem.

Han gör så när han retar någon, Tjockstigge.

– På landet, svarar Berra och alla ungarna på gården skrattar åt honom så deras skratt klättrar uppför de smutsgrå väggarna.

– Det är säkert! skriker Berra, som om det blir sant bara för att han vill det.

Berra lägger benen på ryggen och försvinner ut från gården i expressfart. Sigge tycker synd om honom. Kanske gör de andra det också, ingen vill leka med Berra. För han ljuger. Berra försöker vara märkvärdigare än han är, säger morsan. Hon tycker också synd om Berra.

Landet är viktigt, inte bara för Berra. De andra, de som har land att åka till, berättar med lysande ögon om sina land. Det är kanske därför som Berra uppfunnit sitt lyckliga land, med alla grejor. Dit kan ingen komma och kolla om han har alla prylarna.

Det vore underligt om han har alla grejorna. De flesta i huset har inte så mycket pengar att de kan skaffa hälften av de saker som finns i Claes Ohlsonkatalogen. Inte i någon annan katalog heller, för den delen. De flesta i trappuppgången har inte telefon. De ringer nere hos portisen eller i tobix. Faktum är att det inte finns många att ringa till, eftersom folk de känner inte heller har telefon.

Så de ringer inte. Morsan ringer till mårrmårr, hon har telefon. Morsan vill gärna att de ska ha det också, men det är för dyrt, så de har ingen.

*

Farsan fortsätter spika i masoniten. Sigge tittar på. Farsan har besvär att få masoniten att sitta fast så länge att han kan spika fast den. Den faller ner några gånger.

— Skulle vara som en myr då?

— Ja, det kan man säja! skrattar farsan.

Undulatfarmen

Jorden ligger öppen under stugan. Genom en av de små gluggarna syns det bruna fanérbordet i bersån.

De fuktskadade benen på det vanliga matsalsbordet som står där ute, den mörkgröna väggen av syrenblad bakom dem.

Syrenerna mörkare gröna.

Sigge hasar mot öppningen vid hallonen. Där är det mörkare, som om det snart blir regn på den sidan. Kanske regnar det där borta!

När han når öppningen tittar han försiktigt ut, det är torrt på marken, det regnar inte.

Himlen är bara mulen.

När Sigge rundar hörnet vid Säfstaholmträdet hör han farsan spika under stugan. Lite spöklikt, som om ljudet kommer långt bortifrån.

Sigge undrar om det är farsan som spikar, kanske någon annan, någon som låtsas vara farsan? Någon som ligger under stugan och lurar dem? Någon som spikar så stugan ramlar ihop? Sigge vågar inte gå in. Inte när det är så läskigt.

– Säj åt pappa att kaffet är klart! säger morsan, som plötsligt står på trappan.

– Får vi saft då?

Sigge går tillbaka till ingången till undersidan av stugan.

– Javisst, jag har bakat bullar också!

Först nu känns doften av nybakta bullar, lukten från jorden under stugan måste legat kvar i näsan på honom, så bulldoften inte trängde fram.

Nu kan han lukta bullarna och den stund han inte

kunde det är försvunnen och lukten blir starkare. Han undrar varför morsan inte ropade på dem genom köksfönstret istället för att gå ut på trappan.

Sigge sticker in huvudet under stugan, de trävita bottnarna på farsans trätofflor lyser där inne i dunklet.

– Kaffet är klart! säger Sigge.

Inget händer.

– Pappa, kaffet är klart!

Tofflorna börjar röra sig.

– Jag kommer!

Sigge blir kvar tills farsan hasar sig fram mot öppningen. Då går han mot verandan, mot bulldoften. Som om doften från alla blommor, träden och gräset omkring honom försvinner i bulldoften.

Morsan sitter vid verandabordet och skär upp en vetelängd. Hon ser upp när Sigge kommer in genom dörren.

– Kommer pappa? undrar morsan.

– Ja.

Sigge sätter sig ner vid bordet.

– Såg du Sanna?

– Nä.

– Jag är faktiskt här! hörs Sannas röst.

Sanna sticker huvudet genom dörröppningen till rummet.

– Förlåt, jag glömde att du var därinne! Skrattar morsan.

– Men det var jag va?

– Ja, det var du!

– Får man ta två bullar? undrar Sigge.

– Vänta tills pappa kommer! svarar morsan.

– Han kommer med en gång! menar Sigge.

– Men vi väntar ändå tills han sitter vid bordet! envisas morsan.

Sanna tar en bulle när farsan kliver upp på trappan och tittar på dem.

Han borstar glasdammet från ärmarna och böjer sig framåt och torkar något från nacken.

– Kliar det? undrar Sigge.

– Min själ gör det så!

Farsan sätter sig. Han kliar sig inte längre, det är underligt, som om det inte kliar alls.

På Sigge kliar det väldigt mycket på högra handryggen, men han låter bli att klia för att morsan och farsan inte ska tjata om att han inte skulle ha pillat på glasullsmattan.

– Ta bullar nu då! ler morsan.

– Tack, svarar farsan.

– Jag tar en till!

– Ja Sigge, det är ju det jag säjer!

– Sigge har redan ätit två! skvallrar Sanna.

– Ja, men alla andra får ju ta!

– Ät då!

– Jag tar två för säkrets skull! mumlar Sanna med munnen full av bulla.

– Nu låter vi maten tysta mun! menar morsan.

*

De upptäcker att Pippinettan inte kommer ut ur den

trälåda undulaterna har till sovrum. Det kan man se, för det står en sky av dun kring buren.

– Dom bygger bo av dunen, säger morsan.

– Men, dom har ju redan ett bo, menar Sanna.

Sanna pekar på den lilla trävita lådan.

Ja, men dom behöver ha lite mjukare bo nu, när det strax blir fågelungar, dom tål inte att bli kalla, säger morsan.

Morsan lyfter på taket till undulaternas sovrum.

De tittar på de fyra små äggen där.

– Nog är det riktiga ägg, menar morsan, skrattar och stänger taket.

– Får jag känna på dom? undrar Sigge.

– Bäst att inte kladda på dom, Pippinettan kan bli orolig om vi petar på dom!

– Blir det inga ungar då? undrar Sanna.

– Nä, då kanske hon inte bryr sig om dom!

*

Sigge smyger vid Mustangstigen i Tallis, ensam, bland rallarros, hundkex, tistel och andra ogräs lika höga som han själv.

Vinden greppar det höga gräset och vajar det som en skog.

Sigge gör gångar i gräset och smyger fram, utan att synas, då är det mer likt en djungel än hallonlandet eller buskagen kring kojan. Sigge har skurit sig en lång träklyka i slyet ovanför Mustangstigen, den bär han med sig i den höga växtligheten.

Tänk om anakondan kommer och kramar ihjäl mej! tänker Sigge.

Han vänder sig snabbt om när han hör ett prasslande i gräset. Det hörs efter ett tag konstiga ljud från alla håll.

Sigge springer ner längs en av stigarna han trampat upp. Utför går det väldans fort. Han hör ett ljud bakom sig, vrider på huvudet för att se om den stora anakondan kastar sig framåt för att fånga honom.

Smack!

Så ligger han på mage med händerna under sig. När han reser sig rinner blodet rinna från högra handen.

På marken ligger den vassa och sönderslagna bottnen från en grön ölflaska, som han skurit sig på.

Han trycker handen mot den vänstra och torkar bort blodet, då ser man två jack i handen, i kanten på handflatan, precis där handleden börjar.

*

Strax innan regnet bryter ut på allvar är det som om vinden försöker smita, den rasslar i alla buskar och träd, den vill fly till något bortom alla bladen och grenarna. Men det finns ingenstans för vinden att ta vägen, regnet hinner ikapp den och dränker den. Dammet piskas mot marken, som om regndropparna spolar rent hela vägen ner till marken, tvättar en liten tunnel i det dammiga.

Sigge tycker om minuterna just innan regnet bestämmer sig för att bryta fram. När det blir mörkt, som en förberedelse till det blöta, när det börjar blåsa, när vinden söker ett kryphål för att hinna undan regnet. Då är det spännande

Naturen samlar sig för att slå ner som en slägga på ett städ, så kommer regnet och kullrar på taket, prasslar igenom trädens lövverk, strimmar fönsterrutorna så det blir svårt att se vad som händer medan det regnar. Blixtarna skär snitt i det mörka och mullret från urladdningarna fyller det som inte är mörkt med ytterligare hot.

– Nu e Tor ute å far! brukar morsan säga när det åskar och blixtrar.

Då menar hon någon farbror som var en gud förr i tiden, då folk trodde han gjorde alla ljuden och blixtarna.

Vinden kan vara kvar medan det regnar, då fylls den av regn och sidvända duschar av vatten far mot fönstren. Som om någon står ute i trädgården med vattenslang och sprutar på stugan. Då är Sigge orolig att vattnet ska fara rakt genom väggarna.

Men, det gör det inte, inte så det märks. Väggarna kan bli blöta och det rinner regnvatten om dem, men inget regnvatten syns inne i stugan.

Där är fortfarande torrt inomhus, även om det regnat flera dagar i sträck. Väggarna är tillräckligt täta för att stå emot regnet. Det är Sigge glad för.

Det skulle inte vara roligt om allt regnvattnet kom in. Då skulle det inte längre vara någon vits att sitta inomhus om det regnar. De skulle lika gärna kunna hålla till utomhus, och bli genomblöta. Kanske skulle de frysa och bli sjuka.

Stugan är bra när det regnar, visst är den bra när det inte regnar också, men det märks mest när det regnar. Då blir skillnaden mellan ute och inne större. Då är det verkligen tal om skillnader

Det är roligare när det regnar, regnet är bra. Åtminstone om han kan gå in i stugan när han vill. Då kan han vara utomhus i regnet, för han kan gå inomhus och bli torr och värma sig sedan.

Efter regnet blir det svalare, ja, om regnet bara räcker en liten stund är det inte säkert att det blir svalare. Då hinner regnet inte kyla luften tillräckligt mycket, då lever värmen kvar, även efter regnskuren. Då blir regnet bara en uppfriskande paus.

Föräldrarna pratar väldigt mycket om vädret, de talar om väder, som de var med om för länge sedan, väder, som många har glömt, väder som Sigge aldrig varit med om. Det är som om vädret lever för dem. Som om det ännu finns, trots att det är länge sedan. Egentligen är inte dagarna så förfärligt olika, de flyter på in i varandra och han minns dem inte som enskilda dagar. Han minns händelserna, han minns heta, eller kalla dagar, men han minns inte alla dagar som är som alla andra dagar, dagar då inget händer, dagar, som bara är dagar, utan särskilda kännetecken.

Sigge är inte övertygad om att de vuxna kommer ihåg allt de berättar, han misstänker att de hittar på. De ljuger samman något för att ha något att säga, något att berätta.

Han tror inte allt de berättar. Bara för att de är vuxna är det inte säkert att de har rätt, eller att det de säger är sant. De rider på att ungarna är mycket mindre än de själva.

Hur kan det komma sig att de stora hela tiden vill bestämma? De har inga roliga idéer om lekar eller andra viktiga saker. De håller bara på med jobb och att gå i affärerna och prata med varandra om vädret, eller om andra människor, som ingen av ungarna hört talas om. De talar jättelänge med varandra varenda gång de träffas, som om det hänt så mycket som måste berättas att det tar hela dagen om de inte ser upp en smula.

Morsan stannar alltid och pratar med tanterna och efter ett tag, så får de bråttom för att de pratat så länge att mjölken nästan surnat i deras shoppingväskor. De rusar iväg för att komma in i stugorna och laga mat. Ungarna hänger med dem, eller blir avhängda på vägen. Morsan märker ibland inte att ungarna försvinner på vägen. Hon rusar blint hem för att jobba ikapp.

*

De grönlila kardborrarna gnistrar ulligt vitkantade i solen, några daggdroppar ligger kvar invid stjälken, som om hela växten badat och inte torkat sig. Solen höjer färgen på blommorna så de svävar fritt i luften, en bit ovanför resten av busken.

När Sigge tittar närmare ser han att det beror på att växtdelarna under blommorna ligger i så djup skugga att det inte syns att de hänger ihop.

Sigge ser in i mörkret under bladen, som om det

ligger ett område med mörker och kurar mitt inne i växten. Det väntar på att natten ska komma så det kan smita ut i det stora mörkret och leta reda på en annan buske att kura under i morgon. Mörkret kanske fördelar sig på det sättet när det blir ljust, det kryper samman och gömmer sig i undanskymda vrår. På sådana ställen, där det inte finns så mycket ljus, på ställen där mörkret får vara mer eller mindre i fred.

För mörkret gömmer sig undan solen, därför finns mörker under bord, stolar, träd och under stugan. Där får mörkret vara ifred under dagarna. Solen hittar det inte när det kallar sig skugga och väntar på natten, när det ligger kallt och mörkt och stirrar med svarta ögon på solskenet. Då kryper mörkret ihop till små, intensivt svarta klumpar, som vibrerar av köld. Mörkret fryser inte självt, bara den, som går in i mörkret riskerar att frysa.

*

Det är spännande när de är ensamma. Sigge undrar om det ska komma främmande tanter och farbröder och prata med dem.

Morsan säger alltid att de inte får prata med några främmande tanter och farbröder, särskilt inte de som bjuder på godis och vill att Sigge eller Sanna ska följa med dem.

Så Sigge håller utkik efter de främmande tanterna och farbröderna för att varna Sanna om det dyker upp några.

Sällan kommer några tanter och farbröder. Visst kommer folk förbi, en del vinkar till Sigge och Sanna, mest de som bor i koloniområdet. Andra vinkar varken Sigge eller Sanna tillbaka till.

Då kommer de bara och ska bjuda på snask, tror Sigge. Så blir morsan arg för att Sigge och Sanna pratar med främmande och blir bjudna på godis, fast det är de främmande som vill prata med Sigge och Sanna och vill bjuda på godis.

Sådant fattar inte morsan, lika bra att inga tanter och farbröder försöker prata med dem. Det blir bara en massa förklaringar och morsan tror inte de talar sanning om de säger som det är.

Glasmästarens fru tror det är sant som han säger, om Sigge berättar att en farbror frågade om glasmästaren bor där uppe. Då tror morsan att farbrorn är en skum figur som de måste akta sig för, så han inte lockar iväg dem med snask och sådant.

– Dom lurar upp ungar i skogen och visar snoppen för dom! säger Zamora.

– Varför det? undrar Sigge.

– Dom tycker det är kul! säger Zamora.

Det låter inte så farligt att morsan behöver vara orolig. Att se en snopp är inte lika farligt som att ramla ner i en skittunna. Han tittar ju på sin egen snopp varje gång han kissar och det är inget särskilt med det.

– Ni blir kanske ihjälslagna om ni följer med nån! menar morsan.

Det tänker de inte bli, så hon behöver inte vara orolig. Precis som om morsan inte tror de fattar något alls.

De vuxna är upptagna av sina vuxenlekar, de jobbar och tvättar och lagar mat och syr kläder och sådant.

*

Ungarna samlade på det vanliga stället i backen. Zamora i mitten av gruppen.

– Goggomobil heter den! hävdar Zamora.

De andra ungarna stirrar stumma på honom.

– Kan den välan inte heta! tycker Storstigge.

Storstigge skrattar så han tappar greppet om styret på cykeln. Han reser cykeln och får nytt grepp om styret. Han ser slokörad ut.

– Du, min brorsa har sagt det, så det sa! säger Zamora och lutar sig en aning framåt för att ge mera tryck åt vad han säger.

– Är det inte en messesmitt då? undrar Sigge.

– Du är inte klok! vrålgarvar Zamora.

De andra ungarna skrattar också.

Sigge betraktar dem fundersamt.

– Den heter messesmitt!

Sigge kastar omkull sin cykel, så dammet yr ur backens grus och sand.

– Hör på honom, han är ju inte klok! fräser Zamora och ser sig vilt omkring.

– Det är ju en messesmitt, konstaterar Storstigge.

Sigge stirrar på Storstigge, som ler mot Sigge.

– Just det!

– Vår lilla kompis har rätt! menar Storstigge.

– Där ser du då!

Sigge stirrar hårt på Zamora.

*

På våren upptäcker de att Pippinettan inte kommer ut ur den trälåda undulaterna har till sovrum. Fågelhonan håller sig inne boet. Farsan säger att nu blir det snart fågelungar, nu har Pippinettan lagt ägg!

– Det kan man si, säger farsan, för det står som en sky av dun kring buren.

– Dom bygger bo av dunen, berättar morsan.

– Men, dom har ju redan ett bo, säger Sanna och pekar på den lilla trävita lådan.

– Ja, men dom behöver ha lite mjukare bo nu, när de strax blir fågelungar, dom tål inte å bli kalla, säger morsan.

De lyfter på taket till undulaternas sovrum och tittar på de fyra små äggen där. De ser ut som lockägget farmårr har till sina höns; inte ett riktigt ägg, utan av porslin.

– Nog är de riktiga ägg, hävdar morsan.

– Får jag känna pårom? undrar Sigge.

– Bäst å inte kladda på dom, säger morsan, Pippinettan kan bli orolig om vi petar pårom!

– Blir det inga ungar då? undrar Sanna.

– Nä, då kanske hon inte bryr sig om dom!

Det är svårt att fatta att det ska komma fåglar ur de där äggen. Visst kommer kycklingar ur vanliga ägg, men de här är ju så små!

Medan Pippinettan ruvar sina ägg ligger farsan inte

på latsidan. Han går en kurs i hårdlödning och när kursen är slut kommer han hem med ännu en fågelbur, som han gjort själv. Den nya buren är större än den första. Nu får undulaterna ordentligt svängrum!

Farsan målar med brun lackfärg nertill på den utdragbara lådan. Den drar man ut för att ta bort alla fröskal och allt fågelbajs ur buren. Buren ser ännu större ut när den står bredvid den första och visst är den en hel del större. Den har flera luckor att sätta bon i och matningsluckor på fler ställen än den gamla och två luckor att ta ut fåglarna genom.

Kombinationen av farsan och undulaterna är olycklig. Farsan vill ha ännu fler undulater för varje gång han tittar på de stackars fåglarna. Det är en drömtillvaro för undulaterna.

När de fjuniga liven fattar att farsan vill att de ska bli fler, så sätter de igång. De blir snabbt många, riktigt många.

När morsan om kvällarna lägger brunrutiga filtar på burarna är det skönt. Fåglarna tror det blir natt i djungeln och slutar kvittra. Då blir det nästan tyst i lägenheten, inte minsta pip hörs från fåglarna.

Sigge fattar inte varför man måste lägga filtar över dem för att de ska fatta att det är natt, det är ju redan kväll och det måste de varit med om tidigare.

Äggen är näpna att se på. De är torra och strålar ut värme när han håller dem i handen, men farsan lägger snabbt in dem till den ruvande Pippinettan för att de inte ska bli nerkylda och stanna av, så fågelungarna i äggen dör. Vips, åker de in i redet igen!

– Måste dom ligga där länge? undrar Sigge.

– Tiss di är klara!

Fåglarna får allt större burar och allt mera mat. Farsan får ett nytt recept på någon äcklig smet, som han blandar till och ger undulaterna för att de ska yngla av sig ordentligt. Han vill ge dem mer skjuts, som om de har behov av mer stöd efter att första gången ha fattat vad farsan är ute efter. De klarar sig bra, utan att äta någon äcklig goja farsan rör till i en bunke och lägger i deras matskålar!

Undulaterna kvittrar och mår bra. På vintern är fåglarna i lägenheten. Då kan de ta ut dem ur burarna på kvällarna. De låter dem flyga runt taklampan i rummet. Taklampan har en matt grönskimrande glasskiva som ljuset lyser ner genom. Runt skivans kant står en skärm, direkt på glaset. Undulaterna brummar runt som små flygplan och ibland landar de i taklampan och morsan måste rätta till skärmen.

Fåglarna lär sig starta och landa på fingrarna. Ibland landar de i håret på Sanna eller Sigge, de tror håret är toaletten och bajsar i huvudet på ungarna. Men det går att tvätta bort.

Sigge är stolt när han lyckas få Truls och Pippinettan att samtidigt landa i var sin hand. Det känns fint när deras små, tunna klor griper tag om pekfingrarna. Håller han dem i handen känner han deras hjärtan picka snabbt, snabbt. De väger mindre än han tror.

5.

Francisco studerar kolonistugans grusgång genom de tunna ljusa sommargardinerna. Han tror Generalissimo Franco ska komma uppför grusgången och ta honom, säger morsan. Eller åtminstone röva bort Sigge och Sanna så Francisco får skulden.

– No tengo miedo! mumlar Francisco för sig själv, no te preocupes, Francisco!

Francisco håller brödkniven i ett så fast grepp att knogarna vitnar.

När Francisco sitter barnvakt handlar det om att vakta barn, Francisco tar sitt uppdrag på allvar. Han lägger en brödkniv bredvid stolen han sitter på. Stolen är vänd så han kan se vem som går fram mot dörren ute på tomten. Hans raka indiannäsa avtecknar sig mot ljuset där ute.

– Kan du berätta en saga, Francisco? frågar Sanna och lägger huvudet på sned, så Francisco inte kan motstå henne.

– No inte perätta, no sofa, lilla varnet, säger Francisco och skrattar medan han stoppar om Sanna.

– En kort en bara! tjatar hon.

– Nej, no inte peretta sagan, säger Francisco och slår sig ner på sin bruna vaktstol.

Sigge ser på honom där han sitter på stolen. Han har näsa som en indian och hans svarta hår blänker som asfalt i regn. Han pratar underligt, men är snäll.

*

Medan Pippinettan ruvar sina ägg ligger farsan inte på latsidan. Han går en kurs i hårdlödning och när kursen är slut kommer han hem med ännu en fågelbur, som han gjort själv. Den nya buren är större än den första. Nu får undulaterna ordentligt svängrum!

Farsan målar med brun lackfärg nertill på den utdragbara lådan. Den drar man ut för att ta bort alla fröskal och allt fågelbajs ur buren. Buren ser ännu större ut när den står bredvid den första och visst är den en hel del större. Den har flera luckor att sätta bon i och matningsluckor på fler ställen än den gamla och två luckor att ta ut fåglarna genom.

Kombinationen av farsan och undulaterna är olycklig. Farsan vill ha ännu fler undulater för varje gång han tittar på de stackars fåglarna. Det är en drömtillvaro för undulaterna.

När de fjuniga liven fattar att farsan vill att de ska bli fler, så sätter de igång. De blir snabbt många, riktigt många.

När morsan om kvällarna lägger brunrutiga filtar på burarna är det skönt. Fåglarna tror det blir natt i djungeln och slutar kvittra. Då blir det nästan tyst i lägenheten, inte minsta pip hörs från fåglarna.

Sigge fattar inte varför man måste lägga filtar över dem för att de ska fatta att det är natt, det är ju redan kväll och det måste de varit med om tidigare.

Äggen är näpna att se på. De är torra och strålar ut värme när han håller dem i handen, men farsan lägger snabbt in dem till den ruvande Pippinettan för att de inte ska bli nerkylda och stanna av, så fågelungarna i äggen dör. Vips, åker de in i redet igen!

– Måste dom ligga där länge? undrar Sigge.

– Tiss di är klara!

Fåglarna får allt större burar och allt mera mat. Farsan får ett nytt recept på någon äcklig smet, som han blandar till och ger undulaterna för att de ska yngla av sig ordentligt. Han vill ge dem mer skjuts, som om de har behov av mer stöd efter att första gången ha fattat vad farsan är ute efter. De klarar sig bra, utan att äta någon äcklig goja farsan rör till i en bunke och lägger i deras matskålar!

Undulaterna kvittrar och mår bra. På vintern är fåglarna i lägenheten. Då kan de ta ut dem ur burarna på kvällarna. De låter dem flyga runt taklampan i rummet. Taklampan har en matt grönskimrande glasskiva som ljuset lyser ner genom. Runt skivans kant står en skärm, direkt på glaset. Undulaterna brummar runt som små flygplan och ibland landar de i taklampan och morsan måste rätta till skärmen.

Fåglarna lär sig starta och landa på fingrarna. Ibland landar de i håret på Sanna eller Sigge, de tror håret är toaletten och bajsar i huvudet på ungarna. Men det går att tvätta bort.

Sigge är stolt när han lyckas få Truls och Pippinettan att samtidigt landa i var sin hand. Det känns fint när deras små, tunna klor griper tag om pekfingrarna.

Håller han dem i handen känner han deras hjärtan picka snabbt, snabbt. De väger mindre än han tror.

*

Moster Mona är ju inte den som lätt låter skrämma sig. Hon sliter upp dörren och räddar sig in på dasset. Men, hon hinner se kråkan landa på marken utanför och kika på den stängda dörren. Efter någon minut drar den sig tillbaka.

När moster Mona öppnar dassdörren igen fattar hon att kråkan hela tiden suttit på taket och vaktat. När hon stiger ut på backen kommer kråkan farande ner mot henne. Mostern får väldig fart genom hagen med kråkan fladdrande efter sig.

Ett sådant liv den fågeln för! Den skäller på mostern hela vägen. När hon lämnar den öppna platsen landar kråkan på Bengtssons staket, tittar efter henne och flyger upp på dasstaket igen.

– Undrar om den byggt bo där uppe på take? spekulerar morbror Torsten.

Men ingen av de övriga tror riktigt på det. Man har väl aldrig hört talas om annat än att kråkor bygger sina bon i träden! Aldrig har väl någon hört om en kråka som bygger bo på ett dass!

– Det är inge å bry sej om! Den försvinner bara vi låter den va i fred! tror morsan.

De vuxna håller med henne, men man kan ju inte bara hoppas att kråkan ska ge sig av. Under tiden har ju naturen sin gång.

76

*

– Var har du varit?

– Uppe i Tallis! svarar Sigge.

– Du vet att du inte får vara borta så länge utan att tala om vart du går! konstaterar morsan.

– Jag glömde!

– Du måste komma ihåg! menar morsan.

– Ja, jag ska!

– Det får jag verkligen hoppas.

– Jag lovade ju att komma ihåg! muttrar Sigge.

– Ja, men du vet att jag blir så orolig när du är borta länge.

– Ja men då kan du väl försöka komma ihåg att tala om för mej vart du går?

– Jag ska försöka! viskar Sigge.

Morsan fortsätter skala potatis.

Det är roligare med skalad, även om morsan jämt säger att det är nyttigare med den man skalar vid bordet.

Sigge är inte bra på att skala, det är enklare om potatisen redan är skalad när de börjar äta.

– Vi ska äta om en halvtimme! meddelar morsan.

– Vad blir det? undrar Sigge.

– Potatis och kalops!

– Är det från dom dära burkarna?

– Ja, det finns några kvar i skafferiet fortfarande!

Farsan har köpt en hel kartong med kalopsburkar från en affär som det varit eldsvåda i.

Då sprutade brandkåren vatten på burkarna så etiketterna lossnade och ramlade av. Det är nte lätt att veta vad som finns i burkarna.

Då fick farsan kalopsen väldans billigt. Men det blir mycket kalops, även om de inte äter den varje dag. Sigge tycker det smakar vatten och rök om kalopsen, men morsan säger att han inbillar sig.

Sigge tror inte det, det är tydlig smak på kalopsen, samma röksmak som kommer ur skorstenen på stugan när de eldar i vedspisen.

– Jag är inte hungrig! menar Sigge.

–Ah, röksmaken försvinner när du sitter vid bordet! skrattar morsan.

– Men, jag inte hungrig!

– Du blir hungrig tills maten är klar!

– Det tror jag inte!

– Vi får väl se.

Morsan fortsätter skala.

Hon har strax fyllt potatiskastrullen.

*

Sedan upptäcker farsan att fåglarna är några rackare att yngla av sig. Det dröjer en tid, sedan blir det allt fler fåglar. Farsan får hjälp av naturen på traven, så att säga.

Inte för att undulaterna behöver hjälp, de klarar av att bli fler själva. De nya fåglarna säljer farsan tillbaka till fågelaffären när de är tillräckligt gamla.

Ungarna lider inte, mest fåglarna. Vantrivs de är det inte konstigt. Att fåglarna blir många är ingens fel, det blir bara så. Såhär är det; plötsligt har farsan en undulatfarm.

Undulaterna finns inte bara i stugan, utvalda avelsundulater övervintrar i den lilla enrummaren på Söder.

Alla har inte undulatfarm, men i huset bor en del underliga människor.

En del skriker i trapphuset, andra springer nakna på gården när ungarna somnat. En del dricker brännvin och andra har annat för sig. En av de senare är farsan.

Kanske portisen är hygglig, det är inte säkert. Kanske är det tillåtet att ha en massa husdjur.

Till slut blir det många undulater. Några av ungarna ute vid stugan retar Sigge och Sanna för att de har många fåglar, men de står ut.

Men många fåglar har de, det kan de inte komma ifrån. På sätt och vis är det kul, men inte alltid.

Att ha undulatfarm är lite underligt, men Sanna och Sigge vänjer sig, som alltid. Sigge tror att fåglarna kallas underlater, är underliga på något sätt. Det dröjer länge innan han lär sig att det inte är så. Men, det är klart, visst är de underliga, det kan han inte komma ifrån.

*

– Jag bryr mej inte om att alla andra får! säger morsan.

Men i vissa fall bryr hon sig om vad andra tycker. Det är orättvist att förbjuda honom och Sanna så mycket. Som om de inte är riktiga ungar. Sanna och Sigge har särskilda regler, så de knappt kan röra sig

79

tillsammans med andra ungar utan att bli stående vid något staket de inte får hoppa över, trots att alla de andra får.

Sigge och Sanna blir stående och ser de andra försvinna sin väg. Någon vuxen finns i närheten och tittar på dem och det räcker för att den metalliska rösten inom dem ska hejda dem.

Sigge undrar om inte Nordas och de andra har sådana röster, som stoppar dem ibland. Han frågar inte, det kan tänkas att det bara är han själv som har, något ingen annan har och ingen annan begriper. I alla fall snackar ingen av de andra ungarna om det. Inte som Sigge hör.

Kanske de hör röster inom sig, men kan inte heller berätta om dem, eller får inte. Precis som han. Det är naturligt att ingen pratar om rösterna. Det är förklarligt, utom varför de andra ungarna ger sig över staketet. Kanske de inte bryr sig om vad rösterna säger?

Konstigast är att metallrösten försvinner när ingen vuxen är i närheten. Då går det bra att följa med.

Rösten vill att han ska vara lugn. Ingenting göra, vara passiv och hålla sig till det tillåtna. En smal, trång värld, som vaktas av stora överallt. De vuxna är hans fångvaktare. De ser honom, skriker åt honom om han bryter mot röstens bud.

Sigge vill inte ha rösten i huvudet. Han vill inte att den ska säga: Låt Bli! i skallen på honom. Han vill att den ska försvinna!

Men rösten är där, utan att bli svagare. Bara mindre påstridig emellanåt, som om det finns luckor i röstens vaksamhet, som om den låter honom göra saker ibland för att livet inte ska bli alltför svårt. Han vet aldrig när de stunderna kommer, de finns bara där, vid något staket han inte får gå över. Då kan han plötsligt göra det. Men öppningen finns inte där alla gånger.

Som om rösten letar sig allt djupare in i huvudet på honom, så den till slut blir så rotad där att Sigge aldrig får bort den. Rösten sitter fast, styr honom.

*

Putteljusen växer i mångfald runt stugan. De är små, skära eller vita blommor. De står styvnackat mitt i grusgången, de bryr sig inte om att Sanna och Sigge springer över dem och trampar på dem. De växer ändå och fortsätter leva. Morsan kallar de där blommorna tusenskönor.

Luktärt, violer, gladiolus, pion, gullris, ringblommor, astrar, vallmo och löjtnantshjärtan också. Men det är putteljusen som kämpar hårdast.

De växer fritt, de letar sig ut ur rabatterna, växer på gångarna. Växer in i gräsmattorna under äppelträden. Växer som om de inte vet om att Sigge och Sanna hela tiden trampar på dem och alla stora trampar på dem också.

Sigge tror att alla putteljusen fyller tomten om de får växa ifred ett tag. Det är som om de försöker lägga under sig alla ytor.

De vill fylla trädgården så den täcks av en matta

av de små skära och vita blommorna. Inget biter på dem. Antagligen skulle de kunna växa och fylla hela världen om ingen trampade på dem.

– Man behöver inte så di där blommorna, di växer så fort att det är inte går att utrota dem, konstaterar farsan.

– Men dom är ju fina, menar Sanna.

– Ja di är vackra! håller farsan med henne.

– Dom kan ju växa över hela världen, i alla fall får dom det för mej, inflikar Sigge.

– Va bra! säger morsan.

– Tänk om alla mänskor inte får plats då? säger Sanna.

Sanna ser bekymrad ut. Hon tittar på morsan med sina stora ögon.

– Jo då, var inte orolig för det.

– Jag vill inte att dom ska växa överallt.

– Låt dom växa, det är ju bara blommor, tycker farsan.

– Men om dom växer in i min säng då? protesterar Sanna.

– Då får vi ta bort dom, du ska inte oroa dej för sådana saker, säger morsan.

– Jag vill oroa mej, hävdar Sanna.

– Ja, men du behöver inte.

– Jag vill i alla fall att dom ska växa överallt!

– Visst, det är bra! håller morsan med.

– Så det så! propsar Sanna.

– Dom växer ju redan överallt! funderar Sigge.

– Inte riktigt väl? undrar morsan.

– Jo, men nästan! menar Sigge.

– Nästan är inte överallt.

82

– Okej då, nästan överallt då!

– Ja, nästan överallt! skrattar morsan.

*

Hemma hos Zamoras farmor får de leka inomhus. Det är ett av de få ställena där de får vara inne. De små stugorna räcker inte till för att leka i, säger de vuxna. Ibland får de vara i rummet hos Zamoras farmor, men oftare är de på vinden. Där har Zamora lagt in två gamla blå slitna tagelmadrasser han hittat på tippen.

De klättrar uppför stegen för att komma till vinden, nedanför stegen är en näthängmatta spänd mellan två päronträd. Sigge har aldrig sett någon annan än Zamoras farmor ha en hängmatta som ser ut på det viset. Men, det är klart, det är bara fru Sörensen och tant Storjuttan som har hängmattor. Spårvägstanten har bara sin elaka tax. Fru Sörensen är snällast för hon frågar inte en massa dumma vuxenfrågor om vad man tycker om att leka och sådant.

*

Sigge torkar bort blodet några gånger. Det verkar inte som om det sitter fast något glassplitter i handen. Blodet rinner ut lätt och rött.

Det blöder kraftigt.

Sigge faller på knä, hoppas det ska sluta blöda. Han trycker handen mot låret med handflatan uppåt. Blod forsar ur såret, ut i handflatan och ner i det ljusa byxtyget, där det sugs upp och blir mörkare. Högra byxbenet är nersmort med blod, så byxan klibbar mot låret. Den långa, smidiga käppen med klykan får ligga där han tappat den.

Han pressar vänstra handen mot den högra, men blodet stoppar inte helt.

Han går sakta uppför Mustangstigen mot kojan.

När han kommer upp är det väldigt långt att gå dit.

Det är svårt att krypa in i kojan, men när han väl ligger där inne drar han av sig de en gång vita byxorna.

Han knycklar samman dem och pressar dem mot såret i handen och lägger sig ner på marken för att vänta tills det slutar blöda.

Nu skulle Tumba–Tarzan eller kapten Miki redan klarat av det här och varit på väg hemåt för att mata hästen eller något.

*

Solen skiner starkt som en glödlampa i mörker. Sigge sluter ögonen och han kan se genom ögonlocken, så starkt skiner solen. Han ser rött med mörkare fläckar här och var. Som om solen hotar bränna igenom ögonlocken. Men när han öppnar ögonen svävar solen där högt ovanför honom, nästan vit av hetta. Han sluter åter ögonen och pressar ihop ögonlocken så det svartnar för ögonen. Solen är inte tillräckligt stark för att nå igenom de sammanpressade ögonlocken.

Sigge ser upp mot fruktträden på stugtomten, i toppen av kronorna ser löven ljusgröna ut, medan det

84

längre ner är en mörkare grön ton. Grenarna kan han nästan inte se för alla löv. Men han vet att de finns där under de stora lövverken. Bladen döljer dem inte helt, solstrålar letar sig igenom löven ner till marken under fruktträden. Sigge fattar inte hur solen kan hitta vägen bland alla bladen, att den inte fastnar där inne bland löv och grenar och kvistar. Det är allt bra underligt.

– Sigge sitter du å drömmer igen? hörs morsans röst genom det starka solljuset.

– Va?

– Sitter du å tänker på nåt? frågar morsan.

Hon slår sig ner bredvid honom på den mörkbruna och murkna trätrappan, som är full med spik som Sigge hamrat dit.

– Ja, svarar han, hur kan solen hitta ner genom trädens löv?

– Hur då menar du? undrar hon och kastar en blick upp mot äppelträden.

– Att dom kan komma ner ti marken, menar ja!

– Det är för att dom har vanan inne! skrattar morsan.

– Nä, men allvarlitt! suckar Sigge.

– Ja, ja vet helt enkelt inte, säger hon allvarligt och rufsar om hans hår.

– Äh!

– Men det är säkert, ja vet inte! påstår morsan och ser ledsen ut.

– Va synn! tycker Sigge och kastar en snabb blick mot solen och äppelträdens lövverk.

– Fundera inte så mycke på de! menar hon, det är vackert å det är bra de också!

Morsan flyttar lite på en del grejor Sanna och Sigge lämnat på trädgårdsgången.

– Måste ni verklinn ha alla grejor på gången?

– Nä, men vi glömde dom väl igår!

– De verkar som ni glömmer dom varevia kväll!

– Inte varenda kväll!

– Nä, men det är ju omöjligt å ta se fram här om ni inte plockar undan efter er! säger hon så det låter riktigt argt.

Men riktigt arg är hon inte, för om morsan är riktigt arg har hon röda fläckar på halsen. Då är hon verkligen arg

– Då ska vi väl va ordentlia nu!

– De vore bra!

– Men solen da?

– Du får nöja dej me å titta påren! säger morsan.

– De vill jag inte!

– Tyvärr kan jag inte hjälpa dej! beklagar hon.

Sigge är förvånad, det är första gången morsan och farsan inte har svar på allt han frågar om. En underlig och skrämmande känsla. Han vet inte om han gillar den.

– Va inte lessen för de, Sigge, en da får du reda på hur de e! säger morsan och kramar hans axlar.

– Ja ville veta nu, suckar Sigge med en gråtklump i halsen.

Det är svårt att morsan inte kan svara. Han väntade sig att hon skulle veta.

– Man får inte allti som man vill, säger morsan med sin lärarinneröst, det är bara så, Sigge!

Han ser på henne och tror inte riktigt vad hon säger.

86

För honom är det otroligt att inte få svaren till de frågor han har, som om världen blir minst ett nummer mindre, trängre och för liten. Utan svar från morsan eller farsan blir världen så liten och mycket farligare än han väntat sig.

– Eru lessen? undrar morsan och ser vemodigt på honom med sina snälla, ljusbruna ögon.

– Ja, suckar han uppgivet.

– De ska du inte va!

– Nä, suckar han, trots att han är ledsen, men det känns bättre när morsan kramar honom.

– Nä, nu ska vi inte sitta här å va lessna, nu äter vi frukost!

– Ja, håller han med och följer henne in i stugan.

– Vill du ha gröt eller varm mjölk?

– Varm mjölk!

– Skorporna ti mjölken kan du ta själv, säger hon från köket.

Sigge hör henne pumpa upp trycket i fotogenköket och hälla rödsprit på och repa eld på en tändsticka. När köket går igång hörs en dov knall när fotogenet går upp i den varma brännaren och brinner. Men fotogenköken kan inte explodera lika lätt som de som drivs med bensin, säger farsan.

– Ska Sanna också ha? ropar Sigge.

– Ja de ska ja sa! säger Sanna och ställer sig framför Sigge och ser stint och argt på honom.

– Tar ni fram tallrikarna själva?

– Jaaaa! skriker Sanna och Sigge i korus.

– Det är bra! Nu kommer mjölken säger morsan och

kommer ut på verandan med den rykande kastrullen.

– Akta er nu, så jag inte spiller på er!

– Aktare Sanna!

– Ja akta mej ju! fräser hon och sätter sig på sin pall.

– Bråka inte!

– Vi bråkar ju inte!

– Varför eru så sur, Sanna? undrar morsan medan hon häller upp den varma mjölken över skorporna på tallrikarna.

– Jag är inte sur!

– Nähä, skrattar morsan, det är väl därför man hör ditt glada fnitter hela tin då?

– Ja har inte lust å fnittra!

– Nä, nä, ler morsan, det är rätt Sanna, man måste ha lust, annars är det inge rolitt å fnittra!

– Just de, muttrar Sanna och mosar sina skorpor med skeden.

– Va äcklitt! menar Sigge och tittar med avsmak på de mosade skorporna som flyter samman med den varma mjölken till en smetig geggamoja.

– Vadåra? undrar Sanna.

– Å mosa sådär!

– Det är ju godast!

– Det är äcklitt!

– Lugna er nu, alla tycker om olika saker, säger morsan och tittar på deras tallrikar.

– Mosade skorper e äcklitt! hävdar Sigge.

– Ditt e eckliare! fräser Sanna.

– Kivas inte om de nu!

– Vi bråkar ju inte! menar Sigge.

– Gör vi ju visst de! säger Sanna och fnittrar sedan oförmodat.

– Ja, vilket ni än gör, så är det dags å sluta med dej nu, skrattar morsan, för nu ska vi äta frukost å då ska vi inte bråka, då smakar de inte gott alls!

– Det är goast å mosa, säger Sanna lågt och kastar en blick mot Sigge.

Hon mosar lite extra bland sina skorpor för att reta honom mera.

– Det är goare utan!

– Tjata inte i evighet om de nu! menar morsan.

– Vi tjatar ju inte!

– Ni småkivas ju hela tin! klagar morsan.

– De gör vi ju inte alls! protesterar Sanna och lägger ner sin sked för att kunna ta i.

– Ät nu, så kan ni gå å leka sen, mens solen skiner. De ska antaglien bli regn i eftermidda, berättar morsan och häller upp en kopp nykokt kaffe åt sig.

Sigge och Sanna äter sina skorpor med den nu ljumma mjölken och ser emellanåt ut genom verandafönstret, mot den vitmålade grinden som vätter mot Tyresövägen. De vill inte missa om det kommer någon bil farande där.

6.

Sigge ser soptippen och gatukontorets upplag och kyrkogården som ligger på fortsättningen av grusåsen med sina klippta, lite torra, granhäckar. Han ser vägen som löper förbi huset där Zamora bor med sin farmor. Han ser en bit av Tyresövägen. Särskilt bra kan han hålla koll på om någon försöker ta sig uppför Mustangstigen. Den som går den vägen passerar nedanför Kojan och slingrar sedan längs stigen upp i backen.

Sigge sitter i tuvorna och mossan på den sandiga marken i kojan och ser ut över allt.

En tant går på Skogsvägen med ett shoppingnät i handen.

Nätet är fullt av mat och hon kommer från Håkans kiosk och där bakom ligger storkonsum. Hon har handlat.

På de övriga vägarna syns ingen. En volvosugga kör i sakta mak på Tyresövägen, ut från stan.

Zamora och Lillstigge kommer från dasset, på vägen bakom jordkällaren. De går rakt fram till stenen Sigge lagt albylasken under.

– Det var taskigt! fräser Sigge.

– Vad ska du göra åt det då? undrar Lillstigge.

Lillstigge ser flinande på Zamora, som för att få stöd.

– Inget!

– Fegis! muttrar Lillstigge.

Sigge går därifrån.

– Spring hem och skvallra bara, lipsill! skriker Lillstigge efter honom.

Sigge går uppför Mustangstigen.

Sigge sätter sig i Kojan och tittar ut över den värld han beskrivit på kartan Zamora och Lillstigge haft sönder. Sigge har ingen lust att rita någon ny karta, då kan någon riva sönder den också.

Sigge ser på de riktiga vägarna och ställena som inte kan rivas sönder lika lätt som de på kartan.

Sigge går över Röda Backen och ser på brädgården och det tomma huset bakom brädgården. Som om de där husen finns mycket mer nu.

*

Sigge undrar om det som händer på soptippen skulle vara så läskigt om inte alla äckliga sopor finns där. Om det inte är så mycket gegga, kanske han tycker bättre om soptippen.

Då kanske råttorna inte skulle vara hemska att titta på och han skulle inte vara rädd för dem. Om alla de där soporna inte ligger och stinker på sophögen, så de vuxna förbjuder barnen att gå dit. De skulle hitta på någon annan förevändning. Troligen skulle de göra det, han är inte säker, men han antar det.

Någon gång skulle han vilja se den stora sophögen försvinna. Men han undrar om den någonsin töms. Troligen multnar skräpet bara.

Råttorna äter upp det som går att äta och sedan blir

det jord, på samma sätt som i komposten, där det blir jord av det avklippta gräset och blasten från rabarber och potatis.

Men kanske SkitJohan kommer och skyfflar upp alla soporna på en vagn och kör iväg med dem. Precis som han gör med tunnorna i utedasset. Någonstans måste alla soporna ta vägen och han har aldrig sett någon ta bort dem. Någon kan göra det när Sigge inte ser det.

Han följer ibland med morsan när hon tömmer slaskhinken på sophögen. Det är inget märkligt. Han har följt henne så många gånger att han vant sig vid det.

Vissa gånger får han bära slaskhinken, särskilt om det inte är mycket i den. Då låter morsan honom bära den. Det är kul för det är sällan han får göra det och trist för att den gula, emaljerade plåthinken slår emot hans skenben.

Det gör riktigt ont, särskilt där benet inte skyddas av senor. Då gör det ondare och blåmärkena kommer som ett brev på posten.

Värst blir det efter några dagar, när blåmärkena blivit gula och nästan börjat försvinna. Då ser de riktigt äckliga ut. När de är mörka, som blåmärken ska vara ser de bara ut som sådana. När de är gula ser de ut som om de är något helt annat. Som om huden blivit förstörd och fått en sjuklig färg. Han gillar inte den gula färgen på blåmärken, som håller på att försvinna.

Men, det blir inte märken varje gång. Han slår inte alltid hinken mot benen; ibland går det utmärkt att bära den, särskilt när det är lite slask i den. Då kan Sigge nästan gå upprätt när han bär den och då far inte benen så illa. Han önskar han var större och längre. Det är klara fördelar med att vara lång. Är man lång behöver man inte klättra mycket för att nå saker. Då kan man sträcka sig och nå utan besvär. Är man kort sitter allt långt borta, som om världen inte riktigt är avsedd för en, åtminstone så länge man inte kan räcka ut händerna och ta på den. När man är kort måste man stå på avstånd för att slippa böja huvudet bakåt för att skaffa sig överblick. När man är kort kan man aldrig se sig omkring. När man är kort är världen stor och armarna för korta.

Morsan säger att han och Sanna blir stora en dag. Men det känns konstigt när han ser henne eller andra vuxna sträcka sig efter saker. Då är det inte lätt att ge sig till tåls och vänta på att han ska bli lika stor. Helst vill Sigge vara stor nu. Men, att bli stor tar tid, säger morsan.

Det bryr sig Sigge inte om. Han vill vara stor nu och han är besviken på sig själv när han inte växer, fast han vill det. Det skulle vara mycket roligare om det blev som han vill.

Men, det verkar som om det aldrig blir riktigt som han tänkt sig. Sigge hoppas det blir annorlunda när han blir stor.

– Jag ska aldrig glömma hur det är att vara barn, säger Sigge.

– Det kommer du visst att göra! menar morsan.

– Nä, för det ska jag inte alls göra.

Det är orättvist när morsan inte tror honom när han berättar vad han ska göra när han blir stor.

– Du får väl se hur de går.

Morsan rufsar om hans hår.

Sigge drar undan huvudet från hennes hand.

– Se så, Sigge, bli inte sur nu!

– Jag är inte sur!

– Åjo, tänk inte mer på det där nu!

– Jag ska alltid tänka påt!

Vi får väl se hur det går med det! menar morsan.

*

Farsan går till den zoologiska affären på Skånegatan med en pappkartong med de övertaliga fåglarna i.

Farsan kommer hem med ännu en fågelbur, som han gjort själv. Den nya buren är större än den första!

– Så det blev något av kursen i alla fall! fnittrar morsan.

– Det trodde du inte va? skrattar farsan.

Farsan målar med brun lackfärg nertill på den utdragbara lådan.

Buren ser ännu större ut när den står bredvid den första som undulaterna haft till sit hem. Den nya har flera luckor att sätta bon i och matningsluckor på fler ställen än den gamla och två luckor att ta ut fåglarna genom.

Morsan lägger brunvitrutiga filtar på burarna om kvällarna blir det tyst. Det blir tyst i lägenheten, inte minsta pip hörs från fåglarna.

*

Sigge och Zamora sätter sig på de gamla snöplogarna
av trä, som står i gräset nedanför Mustangstigen.

Plogarna ser gamla ut. Det finns fortfarande lite
tjära kvar på dem, träet är brunt och det är djupa fåror
mellan fibrerna.

– Man skulle ha ett flygplan, säger Zamora och ser
på Sigge.

– Ja.

– Så kunde man flyga hur högt som helst, som en
Hawker Hunter och göra såna där vita streck på himlen.

– Fast läskigt om man ramla ner, menar Sigge.

– Som Catalinan ryssarna sköt ner va?

– Då kanske man dör!

– Inte om man har hjälm, säger Zamora och klappar
den gröna hjälmen med trosviss min.

– Nä, de klart.

– Kolla, vilken konstig geting!

– Det är ingen geting, det är en humla.

– Men den är ju grå!

– Ja, det är den.

– Varför är den grå? undrar Zamora.

Han ser på Sigge och det är tydligt att han väntar
sig att Sigge vet varför den stackars humlan är grå.

– Vet inte, kanske är det en hona? föreslår Sigge.

– Tror du?

– Tja, den är ju grå och då kanske den är svår att se.

– Tror du inte den blitt blek för att den vart för
mycket i solen da?

– Som gardiner och sånt, menar du?

– Ja.

– Kanske, men konstigt är det.

Sigge ser intensivt på humlan. Den klänger precis som alla andra humlor på en blomma. Medan Sigge ser på den, bestämmer den sig för att ge sig iväg.

– Hörde du att den liksom gnola?

– Alla humler brummar.

– Det vet jag väl, men den här lät liksom gladare. Precis som om den sjöng, menar Zamora.

– Kanske den var glad?

– Just det, den var glad.

De ser den långsamt ge sig iväg.

– Tänk om det är en alldes egen sorts humla? En humlesort, som bara vi har upptäckt?

– Du sa ju att det va en hona!

– Ja, men om det är en hel kupa med humler då?

– Då ja.

– Där ser du! försöker Sigge vara övertygande.

– Nä, nu måste jag hem och käka.

– Hej då, säger Zamora och börjar gå hemåt.

Sigge stannar ett tag. Han sitter på en av snöplogarna och lyssnar på trafiken nere på Tyresövägen.

Det kommer en och annan bil även nu mitt på dagen. Sigge glider ner på marken vid sidan av träplogen. Han luktar på träet, det doftar av tjära och solsken.

Så smäller ett skott!

En ung kille står vid jordkällaren på andra sidan Skogsvägen vid Glädjen och skjuter med gevär upp i luften!

Sigge ser upp och upptäcker massvis med fåglar som flyger ovanför dem.

– Vad gör du? undrar Sigge.

– Skjuter gråsparvar, svarar grabben.

Grabben har rutig skjorta och verkar nästan vuxen. Han är lång som farsan.

– Får du göra det da?

– Nä.

– Kommer polisen och tar dej då?

– Tror jag inte, svarar grabben och skjuter igen.

– Var landar dom där fåglarna när dom är döa?

– Där borta! säger grabben och pekar lite vagt upp mot backen.

– Får jag ta dom?

– Visst.

– Ska du skjuta flera? undrar Sigge.

– Nä nu har jag inga fler skott.

Han stoppar ner geväret i en lång smal väska, som han bär i en rem över axeln.

– Hej då!

– Hej då! svarar Sigge.

Han väntar tills grabben gått sin väg. Sedan letar han efter fåglarna. Han hittar många. Han bär dem till jordhögen bakom jordkällaren och lägger dem i ett par grunda gropar han gräver med en pinne.

*

Kapten Miki är Sigges hjälte, precis som kusin Lasse. Fast om kusin Lasse görs inga serietidningar.

Vad som finns att läsa om honom är de vykort han skickar hem från sina resor på sjön. Han undertecknar

97

dem med Lasse och Larry inom parentes. Så heter han i andra länder, eftersom Lasses namn inte finns där.

– Måste man byta namn om man åker till utlandet? undrar Sigge.

– Nä då, men det är enklare för utlänningar att säja namn som dom är vana vid, berättar morsan.

– Om dom kommer hit då?

– En del byter, dom flesta gör det inte.

Kapten Miki skulle aldrig ändra sitt namn. Om han hette kapten Bengt kanske han inte var så stor hjälte. Bara en seriefigur som andra, ingen speciell.

Det vore synd, eftersom kapten Miki ska vara speciell. Det gör honom till kapten Miki, annars vore han en annan.

Kapten Miki finns bland de tysta träden, finns i mörka vrår och ser med stränga ögon på Sigge. Med svårighet klarar sig Sigge från att ha kapten Miki i hasorna. Ibland måste kapten Miki vara med i serierna och då har han inte tid. Det är tur för Sigge!

Om kapten Miki inte tar ledigt skulle det inte finnas en ledig minut för Sigge. Då vore han påpassad dygnet runt. Först av morsan och farsan och så av kapten Miki. Det är bra som det är. I alla fall är det inte så marigt som det kunde vara. Det är Sigge glad för.

*

Undulaternas ägg är näpna att hålla i handen. Äggen är en smula varma i handen.

Farsan lägger snabbt in dem till den ruvande Pippinettan.

– Måste dom ligga där länge? undrar Sigge.

– Tills di e klara! konstaterar farsan.

*

Ungarna och moster och morsan stannar kvar på landet när morbror Torsten och farsan far till jobbet på måndagsmorgonen. De pruttar iväg i morbrors gamla DKW med de träklädda dörrarna.

Moster och morsan snackar inte om annat än kråkan hela veckan. Ungarna fortsätter smyga på dem när de skrikande springer nerför backen. Kråkan sitter bara på taket och vaktar på besökare. De ser den inte lämna sin plats på taket under hela veckan. Och ungarna har ständig bevakning på den för moster och morsan vill ju gärna sticka till muggen ibland. Och helst när kråkan inte är där.

Den försvinner för en stund och morsan gör en rusning mot dasset, men då dyker kråkan upp mitt i backen. Det ser ut som om den går där och betar, eller den kanske har gömt sig i gräset. Nog verkar det som om den går in för att bevaka dasset.

Lukten från potthinken är det enda som påminner dem om att kråkan finns borta på dasstaket. Kråkan kommer aldrig in på tomten, det upptäcker de efter någon dag. Så de får vara ifred för den innanför staketet.

– Dumma kråkan! säger Sanna.

– Den försvinner snart, påstår morsan, men hon ser tveksam ut.

*

Några dagar senare när Sigge gräver upp en av de döda gråsparvarna, då kryllar den av små maskar. Det ser äckligt ut och han skjuter med foten ner den i gropen igen och makar tillbaka jorden.

Så trampar han till. Han hoppas alla de krälande maskarna stannar kvar i jorden. När han går därifrån stannar han till en gång och kollar att han inte har några maskar i eller utanpå sandalerna. Han upptäcker inga, så han går hem till stugan. Men han berättar inte för någon om de där maskarna.

Inte för att han tyckte att de var äckliga, eller för att de skrämde honom. Morsan blir hysterisk om hon får reda på att han tagit i de döda fåglarna. Då blir det såptvätt av händerna och en hel radda förmaningar. Sådant vill han inte ha så mycket av. Det är nog som det redan är. Han undviker att hamna i det läget att morsan får anledning att skälla på honom.

Det är lugnt. Finns inget att oroa sig för, det kommer inte mer skäll. Det verkar som om alla förmaningarna bara gör morsan uppretad. Han undviker sådant, han försöker i alla fall.

*

Solen lyser genom tallkronorna på Röda Backen, Sigge och Zamora kisar när de går upp mot Skogsvägen. Sigge tittar emellanåt på Zamora, verkar vara på väg att säga något ett par gånger, men hejdar sig.

Zamora blänger ibland på Sigge.

– Din morsa är ju inte klok! tycker Zamora.

– Vadåra?

– Hon kan ju ingen engelska! I alla fall inte sån jag kan!

– Jag vet inte, jag kan inte engelska.

Zamora stirrar på honom.

– Jag kan klockan hemma. Det måste va nåt fel på eran klocka, på den kunde man inte se hur mycket den va.

– Dom är kanske olika.

Zamora tittar på Sigge, som tittar tillbaka. Till slut skrattar Zamora till och dunkar Sigge på axeln.

De ler och fortsätter gå.

När de kommit upp på Skogsvägen och går förbi dasset säger Zamora dröjande:

– Vill du se på en grej?

– Visst, vad är det?

– Det talar jag inte om, du får vänta tiss du ser den!

– Okej! Har du den hemma?

– Nä, jag har gömt den i skogen, säger Zamora hemlighetsfullt.

Zamora ser sig omkring.

– Varför det?

– Farmor vill inte att jag ska ha den, hon gillar inte såna grejer, förstår du väl!

– Okej!

Zamora stannar till och tittar in i skogen.

– Vänta här och titta åt andra hållet!

Zamora försvinner ner bakom jordkällaren vid Glädjen. De gigantiska kardborrstånden döljer honom så fort han tagit första steget ut från vägkanten.

Gräset rör sig en smula.

Zamora skymtar när han kryper omkring där bakom.

Tant Bengtsson dyker upp i blommig klänning och hatt över det gråa håret.

– Goddag på dej!

– Goddag! svarar Sigge.

Tant Bengtsson lutar sig ner mot Sigge så att hennes hatt nästan nuddar vid hans panna.

– Hur mår mamma?

– Bra, svarar Sigge.

– Hälsa!

– Ja, det ska jag.

Tant Bengtsson vaggar iväg nerför den lilla backen och försvinner ur hans synfält.

Zamora sticker fram skallen ur gräset.

– Såg hon mej? undrar Zamora som plötsligt står bredvid Sigge igen.

– Nä.

– Kolla här! flämtar Zamora.

– Vad är det?

– En hjälm, en pilothjälm.

– Som dom hade i kriget? undrar Sigge.

– Just det, svarar Zamora och är spänd och uppspelt.

– Du får prova den om du vill, fortsätter han.

Sigge tar hjälmen, som är olivgrön och mycket lättare än han trott. Underst är det en slags huva. Sedan sitter själva skalet utanpå. Hjälmen har stora hål. Runda.

– Vad är hålen till för?

– För att det inte ska bli för varmt, menar Zamora.

– Vad då, för varmt?

– När dom flyger är dom närmare solen ju, då är det varmare, fattar du väl? fräser Zamora.

– Kanske, men dom är ju i flygplanet?

– Ska vi flyga?

– Hur då? undrar Sigge.

– Såhär.

Zamora sätter på sig hjälmen och springer uppför Mustangstigen.

Uppe på krönet vänder Zamora och löper utför allt vad han är värd. Han håller ut armarna rakt åt sidorna.

– Fortare! skriker Sigge.

Zamora springer förbi Sigge och bromsar genom att springa upp i sandhögen vid vägkorset.

– Prova! säger Zamora och tar av sig hjälmen.

Sigge tar hjälmen och sätter den på huvudet. Den är lite stor. Han löper sakta uppför Mustangstigen. Sigge vänder uppe på det branta krönet. Zamora står där nere som en blåsvart tummetott.

Sigge springer nerför grusstigen.

Fötterna kanar på en del lösa stenar, men sandalerna glider rätt igen på sanden.

Sigge faller utför Mustangstigen med armarna utsträckta, hjälmen på huvudet och fötterna vilt smällande i den hårt trampade sanden.

Sigge tar av sig hjälmen och kastar den i sandhögen.

Den olivgröna hjälmen studsar till och sedan ligger den stilla mot den varma bruna sanden och gnistrar i solen.

103

– Visst flyger man va? skrattar Zamora.

– Visst.

– Akta den!

– Jara, den håller nog.

– Det ju bli reper på den! säger Zamora.

– Den är ju redan repig, konstaterar Sigge.

– Men det är ju krigsreper, fattar du väl! menar Zamora.

– Är du säker?

– Det är klart.

– Varför?

– Det är ingen svensk hjälm, min brorsa har köpt den i utlandet.

– Kanske nån lura han?

– Tror jag inte, mumlar Zamora.

– Men den är fin i alla fall.

– Visst.

– Ska du inte flyga en gång till? säger Sigge och lyfter upp hjälmen och räcker den till Zamora.

– Det ska jag.

Zamora sätter på sig hjälmen igen.

När han går uppför backen på nytt, ser Zamoras nacke väldigt smal ut under den stora gröna hjälmen.

*

Ungarna samlade på det vanliga stället i backen. Zamora i mitten av gruppen.

– Goggomobil heter den! hävdar Zamora.

De andra ungarna stirrar stumma på honom.

104

– Kan den välan inte heta! tycker Storstigge.

Storstigge skrattar så han tappar greppet om styret på cykeln. Han reser cykeln och får nytt grepp om styret. Han ser slokörad ut.

– Du, min brorsa har sagt det, så det sa! säger Zamora och lutar sig en aning framåt för att ge mera tryck åt vad han säger.

– Är det inte en messesmitt då? undrar Sigge.

– Du är inte klok! vrålgarvar Zamora.

De andra ungarna skrattar också.

Sigge betraktar dem fundersamt.

– Den heter messesmitt!

Sigge kastar omkull sin cykel, så dammet yr ur backens grus och sand.

– Hör på honom, han är ju inte klok! fräser Zamora och ser sig vilt omkring.

– Det är ju en messesmitt, konstaterar Storstigge.

Sigge stirrar på Storstigge, som ler mot Sigge.

– Just det!

– Vår lilla kompis har rätt! menar Storstigge.

– Där ser du då!

Sigge stirrar hårt på Zamora.

7.

När Francisco sitter barnvakt blir det full fart, han härjar med dem så de knappt kan somna. Francisco gör miner och säger skojiga saker. Sanna och Sigge tycker Francisco är dödsrolig.

Francisco är snäll, men han är väldigt spänd och uppjagad när han sitter barnvakt åt dem. Rätt vad det är springer han upp

– Vem e Frankå? undrar Sigge, sömnig och nyfiken på samma gång.

– Franco vara elak man, inte snäll. Men no inte prata med Franco, no sova varn! säger Francisco, utan att ta ögonen från grusgången där ute på tomten.

Som om de har en egen indian som vaktar dem.

– Berätta en saga om Frankå! ber Sigge från sängen.

– Nej, Sikke, ingen saga med Franco, han elak. Inte bra fer lilla varnen. Ingen saga, istället Francisco sjonga cancion, sången, fer varnena, viskar Francisco.

Francisco sjunger lågt och ler med alla tänder, som ser väldigt vita ut mot hans olivtonade hy.

Ibland tror Sanna att Francisco är sotare, men det är bara för att han är mer solbränd än andra, menar morsan. Francisco kommer från Spanien, ett land långt borta. Där skiner solen hela tiden. Där finns den elaka gubben Franco, som Francisco är rädd för.

– Varför e han rädd fören? undrar Sigge.

– Franco va elak mot han!

– Varför de?

– Franco ha vari hemskt elak mot en hel drös av Franciscos släktingar, så det är inte så underligt att han är rädd, säger morsan.

– Nä, de e klart, menar Sigge.

Det är läskigt att det finns en gubbe i solskenet som är elak mot sådana snälla som Francisco.

*

Grannarna kommer efterhand med fåglar de hittar. Mest förrymda burfåglar och oftast undulater. Farsan blir fågeldoktor, får slöa fåglar att piggna till.

Fågelstackarna får en massa konstiga sjukdomar och fel. Allvarligast är att näbbarna växer vilt. Ingen hejd på hur deras näbbar växer och farsan tar den blanka nageltången och klipper näbben på de mest drabbade. Så håller de sig några veckor tills näbben vuxit ut, då kan de inte äta igen. En som heter Tobias och är ljust isigt blå som farsans ögon har en näbb som växer fortare än han hinner slita ner den. Farsan klipper Tobias näbb med nageltången, men han verkar inte så frisk för övrigt heller.

– Varför blir dom sådär? undrar Sigge.

Sigge hoppas att det finns medicin man kan ge undulaterna så näbben inte växer så fort på dem. Så de blir som sina kompisar.

– Inavel! muttrar farsan.

– Va e de, inavel?

– Vi behöver nya, friska fåglar å göra fågelongar med, berättar farsan, dom här bler konstia för att di fått ungar med varann flera gånger.

– Då blir det ju ännu mera fåglar! säger Sanna bekymrat.

– Ja, men vi ska inte skaffa nåra nya just nu, menar morsan, men till vintern måste vi byta på något sätt.

*

På vägen från stan till stugan ligger Söderhavet, ja, inte det riktiga Söderhavet, utan några fallfärdiga ruckel vid Skansbron! Sigge tycker de ser ut som de hus han sett bilder av från Söderhavet.

De passerar de där kåkarna varje gång de är på väg till stugan, de går ofta dit, det är dyrt att åka spårvagn till stugan. Morsan gillar att promenera, så Sigge och Sanna har inget val, de måste också promenera.

Varje gång de går över gamla Skansbron berättar morsan att här höll hon och Sigge på att ramla i vattnet en gång för länge sedan, när Sigge var så liten att han åkte liggvagn. Bron började öppnas och morsan hade gått i sina penséer, som hon säger, och upptäckte plötsligt att bron lutade. Morsan sköt vagnen över sprickan mellan brohalvorna och skyndade sig över till andra sidan.

– Men efteråt blev jag så rädd att jag skaka i hela kroppen!

– Men du, mamma? undrar Sanna.

– Ja.

– Tänk om ni ramlat ner i vattnet?

– Ja, det var ju därför jag blev så rädd efteråt, vi kunde lika gärna ha fallit ner!

– Va läskigt! tycker Sigge och ser ner i det blågröna vattnet som han var nära att hamna i när han var så liten att han åkte vagn.

– Men ni hade väl klarat er va? undrar Sanna.

– Kanske, säger morsan, men det vet man inte, det är inte så lätt å simma med en liten unge i famnen.

– Men polisen hade nog kommit å hjälpt er! säger Sanna.

– Ja, om dom upptäckt att vi ramlat i, men det kunde ju lika gärna varit försent!

– Hur då, försent? undrar Sigge.

– Om det tog lång tid kunde vi ju ha drunknat!

– Vikken tur vi inte gjorde det då!

– Kan man verkligen säja! skrattar morsan och stryker Sigge över kinden.

– För om vi hade drunknat, var hade vi vari då?

– Vi hade varit döda, säger morsan, precis som mårrfar.

Mårrfar dog när morsan var ganska liten. Då fick han magkräfta som gjorde att han dog, precis som hans tre bröder.

– Hade vi kommit till himlen? undrar Sigge.

– Det hade vi säkert, så snälla som vi är! skrattar morsan.

– Sigge hade inte kommit till himlen, för han e dum! fnittrar Sanna.

– E ja väl inte!

– I alla fall var han alldeles för liten för att kunna göra så mycket dumheter när det här hände! slätar morsan över.

– Men nu har han ju hunnit de! menar Sanna.

– Hunnit, säger morsan, men inte så allvarliga saker, så det räknas inte heller!

– Va orättvist!

– Varför tycker du det?

– Då räknas det ju inte om han retar mej ju!

– Nä, inte om man ska komma till himlen eller inte, men man ska vara snäll och inte retas, menar morsan.

– Annars får man stryk, va? undrar Sigge.

– Kan hända, svarar morsan.

– Jag tror i alla fall ni hade klara er om ni ramla i vattnet, muttrar Sanna.

– Tror jag med! säger Sigge.

– Ja, ja, skrattar morsan, nu ska vi inte dividera om det. Det gick ju inte så illa och då ska vi vara glada för det och inte spekulera över hur illa det kunde gått!

– Inte pekulera! muttrar Sanna.

– Spekulera!

– Jag sa ju det! fräser Sanna.

Du gjorde väl det då!

*

På vinden hos Zamora sitter de och kikar ut genom den halvstängda luckan. De drömmer om att vara hemliga, att sitta fångna som greven av Monte Christo, men samtidigt är de för rädda för mörkret för att våga stänga luckan.

– Om ja stänger luckan skiter ni på er! påstår Zamora och drar igen luckan lite sakta, som för att prova om någon ska protestera.

– De gör välan du också! säger Lillstigge spänt.

– Skitunge, skitunge! skriker Thorvald, som inte kan prata rent och inte snackar bra över huvudtaget.

Han går omkring i gummistövlar mitt i sommaren och luktar tåbira så han inte får komma inomhus hemma hos Sigge.

– Ska du säja, jävla skitarsel! Om ja stänger nu kvävs vi av din tåbira, fräser Zamora till Thorvald.

– Larva rente, menar Thorvald och skrattar plötsligt.

Han fortsätter skratta medan de andra sitter tysta och stirrar på honom.

– Kan vi inte leka mamma, pappa, barn? föreslår Annelie, vilket får grabbarna att sucka.

– Vi leker ryska posten istället, kontrar Lillstigge.

– Äh, va larvitt! fnyser Annelie.

– Va e ryska posten? undrar Sigge.

– Vikken barnrumpa! tjuter Annelie, och de andra skriker av skratt.

– Men, vad är det för nåt?

– Vet du inte de? undrar Lillstigge med rösten fylld av förakt.

– De vet inte du heller! skriker Zamora till Lillstigge.

– Vet ja välan visst de! fräser Lillstigge tillbaka.

– Dra åt helvete ungfan! skriker Zamora, du har inte en aning om nåt alls, din jävla horunge!

Då börjar Lillstigge gråta. Annelie tittar förebrående på Zamora. Det är tyst en lång stund medan de väntar på att Lillstigge ska gråta klart. De är vana vid det. Så fort Zamora kallar honom horunge gråter han en skvätt.

– Äh, Lillstigge, ryck opp dej, de va inte så ja mena! vädjar Zamora och puffar Lillstigge på axeln.

Lillstigge ser på Zamora och torkar snoret från munnen med avigsidan av handen.

Sigge förstår inte varför Lillstigge gråter, men det är mycket som inte kan förklaras. Han får reda på det om han bara ger sig till tåls.

*

Efter lång tid slutar handen blöda. Försiktigt lyfter han byxorna från såret. Blodet har levrat sig fint kring kanterna. Det finns en mörkare rand, som är själva sårkanten. Levringen håller samman medan han tar på sig byxorna.

De ser helt förstörda ut. Blodfläckar över gylfen och högra benet.

Sigge smyger sig hemåt, tar vägen bakom jordkällaren och den högra stigen vid Stora eken.

Morsan syns inte till någonstans.

Sigge tar sig snabbt förbi bersån och in i stugan, tar snabbt av sig de nerblodade byxorna. Han är försiktig för att inte riva upp såret i handen igen. Det andra paret byxor hittar han lätt och drar dem på sig. Han går ut med de nedblodade byxorna i handen. De nerblodade byxorna lägger Sigge i boden bakom stugan.

112

Sigge återvänder in och letar reda på plåsterlådan. I lådan finns redan ett som är avklippt från den långa remsan av hansaplast.

Han måttar med den över såret. Den räcker! Då slipper han leta efter saxen och klippa till ett plåster som passar.

Han går runt stugan, till vattenkranen på baksidan. Där sköljer han blodet från händerna. Han är noga med att inte skvätta blod på de rena byxorna.

Sedan sätter han plåstret på högerhanden. Det är inte lätt. Trots att det går bra hamnar plåstret snett, så en bit av såret syns vid sidan.

Han sticker till boden och sätter sig där inne för att pusta ut.

Sigge vilar en stund och går sedan ut med de blodiga byxorna i handen.

Han dricker snabbt lite vatten ur kranen, det hastar med de blodiga brallorna.

Sigge kollar att ingen går på vägen, sedan springer han uppför backen till soptunnorna.

Bakom soptunnorna ligger sophögen. Där är det lätt att lägga byxorna under soporna. Soptunnorna är höga och så mörka att det är svårt att se ner i dem. Sigge har svårt att nå upp för att kasta i byxorna.

Först måste han få upp tunnlocket, det sitter fast.

En av de tre fyrkantiga tunnorna har hela överdelen avlyft, då blir den lägre.

Sigge kan se över kanten på den tunnan. På insidan sitter en äcklig smet med lite äggskal fast på tunnans väggar.

Han tar sig ner i tunnan och lägger byxorna under soporna på bottnen.

När han klättrar ur tunnan börjar såret blöda igen, men inte mycket. Det droppar inte ens.

Sigge går upp på Röda backen. Det mår hans näsa bra av. Lukten i tunnan var inte så värst kul.

Sigge sätter sig i skogen och kretar på en barkbit, som ska bli en barkbåt.

Tallbarkens olika lager formar sig villigt efter kniven. Det blir väldans släta sidor och det är lätt att göra en snygg båt.

När Sigge håller kniven mellan tummen och pek– och långfingrarna stramar det inte i såret. Då kan han kreta utan att såret går upp. Hur båten ska vara vet han precis. Det är det fina med att kunna göra en båt.

Man vet.

Sigge tröttnar på att vara stilla. Han reser sig och går.

*

Sanna älskar daggmaskar. Hon lyfter upp dem och pussar dem.

Hon bär omkring flera stycken i händerna och hänger dem sedan över öronen, som örhängen. Hon har ett par som halsband också.

Morsan gillar inte det där och säger till Sanna att hon ska sluta med daggmaskarna.

– Dom är söta ju, säger Sanna.

– Sanna, dom kommer ur jorden och det är inte bra att pussa dom så där, säger morsan irriterat.

– Jag tycker i alla fall dom är söta, muttrar Sanna bestämt.

– Men du kan bli sjuk om du har dom i munnen, menar morsan upprört.

– Jag blir inte sjuk, hävdar Sanna bestämt.

– Nu gör du som jag säjer och slutar plocka daggmaskar.

– Kanske, säger Sanna.

– Sigge, du får vakta henne, så hon inte stoppar dom i munnen!

– Men då kan jag ju inte leka själv, klagar Sigge.

– Vill du att din lillasyster ska bli sjuk då?

– Nä, det vill jag ju inte, men kan hon inte sluta pilla på maskarna ändå?

– Asch, jag låter väl bli dom där maskarna da, muttrar Sanna.

– Det är bra, lilla gumman, säger morsan belåtet.

– Fast jag tycker dom är söta i alla fall jag, säger Sanna och plockar upp Dockan.

– Men tänk på att du kan bli sjuk, manar morsan.

– Ja, jag vet, tjata inte, säger Sanna och larvar in i rummet med Dockan i famnen.

– Du får kolla att hon inte suger på maskarna, säger morsan.

– Jag tror inte hon gör det, menar Sigge.

– Inte?

Nä, nu har hon bestämt sej.

*

Zamora blänger runt i hopen av ungar och drar snabbt iväg på sin gröna cykel så gruset frasar en lång stund efteråt.

– Där pös den! mumlar Storstigge.

– Lika bra det! tycker Sigge.

De andra står kvar och snackar. De hänger över styrena på cyklarna utanför dasset. De står där på backen och ser vilka som kommer och går till dass och soptunnor.

På backen ligger järnstången, som två stenar är fastsatta i. De är mycket tunga. Sigge och de andra grabbarna försöker ofta lyfta den. På sin höjd lyckas de vicka den en smula. Den ende Sigge sett lyfta järnstången är GångeRolf.

– Det är precis vad han heter, det är ju inte så konstigt, han är ju hela tiden ute och går, menar morsan.

Det är sant, Sigge möter jämt GångeRolf när han är på väg någonstans. Det är lite annat med GångeRolf också, inte bara att han är ute och går; han har kor vid sin kolonistuga.

Ja, inga riktiga kor förstås! Han har sågat kor ur masonit och målat dem, sedan ställt upp dem på gräsmattan framför sin lilla rödmålade stuga.

Korna, stora som hundar, betar på GångeRolfs gräsmatta, rödbrokiga och svartbrokiga små kor vårdslöst utplacerade. GångeRolf sitter på trappen, eller förstukvisten och ser på de små korna av masonit. När han inte är ute och går förstås!

– De blir förstörda, och det är lika gott, di är räliga! menar farsan.

Så Sigge tittar alltid noga på korna när han passerar GångeRolfs stuga, särskilt om det regnar. Det händer inte mycket med korna.

Zamora och Sigge kastar sten på dem, men det blir inga synliga märken på dem. Sanna tror att GångeRolf tar in korna på förstukvisten om nätterna och när det regnar. Sigge vet att han inte gör det, i alla fall inte när det regnar, för han har sett korna stå ute i regnet.

– Heldinga kor! muttrar Zamora.

Zamora lovar göra en slangbella för att skjuta på dem med, men det blir inget av med den bellan.

*

Sigge sitter i mörkret inne på dasset och ser ut på backen som leder upp i skogen på Röda Backen. Den är nästan helt täckt av bruna tallbarr. Det luktar svagt av bajset och kisset på dasset. Mest luktar det barr, som om den lukten är starkast. Han har fått för sig att bajset och kisset luktar starkare, men det gör det inte.

På dasset gömmer han sig för Zamora och de andra. Han har ingen lust att vara med dem och leka.

Han har tagit in cykeln på dasset, för att de andra inte ska upptäcka var han gömmer sig. Han kunde åkt iväg till andra sidan Röda Backen och hållit sig undan där.

Men, nu sitter han här och passar på att göra ifrån sig när han ändå är på plats. När han är klar ska han ge sig av till andra sidan backen.

Då tar han cykeln och trampar längs Skogsvägen

117

tills han kommer i höjd med Dödskalleträdet. Där stiger han av cykeln. Där är det brant uppför, så han leder cykeln upp i skogen.

Han stannar i slänten mot tunnelbanan, lägger sig bredvid cykeln och tittar på tallarnas kronor och på molnen som sakta drar förbi, som om jorden rör sig, som om han faller, som om han är yr i mössan.

Molnen flyttar sig allt snabbare, det är sådant han upptäcker när han tittar rakt på dem. Han ser det inte om han står upp, eller springer, cyklar eller något sådant. Då ser han inte molnen tillräckligt noga. Som om de inte finns, om han inte ser på dem.

Men, när han tittar på dem, så syns de tydligare, som om de kommer ner från himlen och hoppar in i ögonen. Det är konstigt, men samtidigt väldans spännande, som om det bara är han som kan se molnen.

Zamora och de andra ungarna brukar se på molnen och försöka säga vad de föreställer.

Sigge hittar en massa saker när han ser på molnen, men om han anstränger sig för att hitta gubbar i dem, så ser han dem inte. Det gör han bara när han är ensam och ligger på rygg och ser på dem.

Då slipper han försöka hitta bilder i dem och kan titta på dem som de är; krämigt vita moln som drar över den blekblå himlen. Det är mer spännande än att försöka se bilder i dem.

Om han tvingar sig att se bilder försvinner de liksom, är inte kvar på samma sätt som när han ligger på rygg och låter molnen sakta rinna in i ögonen.

Zamora och de andra tycker han är konstig när han

berättar om molnen. Så han låter bli det, han leker med i deras lekar och ser gubbar i molnen när de är med. När han är ensam kan han titta på molnen utan att försöka hitta något i dem.

Han är nära att somna, men sätter sig upp och sitter en stund och betraktar molnen istället. Han är varm inombords, som om det ulliga i molnen fyller honom som fetvadd, så han blir varm i hela kroppen.

8.

Francisco är snäll när han sitter vid det lilla bordet framför fönstret som vätter mot grinden. Brödkniven ligger på bordet framför honom, det svarta håret glänser i sommarkvällens svaga ljus. Den iberiske höken vaktar Sigge och Sanna i natten. Hans skarpskurna profil svart mot det ljusa fönstret när Sigge somnar.

– Nu är det dags å stiga opp, gubben! säger morsan.

Ljuset sticker Sigge i ögonen och Franciscos profil har försvunnit från fönstrets rektangel.

När han vaknar till, ser han att Francisco är borta. Brödkniven på bordet är också väck.

– Va e Francisco? undrar Sigge.

– Han e hemma, han åkte hem på sin moped igår kväll, när pappa å ja kom hem. Nu e han kanske på jobbet, om ja tänker efter, säger morsan och går bort till Sannas säng för att väcka henne.

– E han inte trött av å vakta oss? undrar Sanna yrvaket.

– Det är han säkert, men han tycker det är rolitt, för han tycker så mycke om barn!

– Har han inga egna då? undrar Sanna och ser sådär ledsen ut som bara hon kan när hon lägger huvudet på sned och ler blygt.

Hennes hackigt klippta lugg faller som en blond, råttfärgad gardin över den av deltagande rynkor fyllda pannan.

– Nä, de har han inte!

– E han lessen för?

– Ja, det är han nog, säger morsan, han gillar ungar, så han e nog lessen över att han inte har nåra egna.

– Varför har han inga då?

– Kanske kan han inte få nåra, en del människor kan inte de! förklarar morsan.

– Va synn det är om han, suckar Sanna och kramar täcket om knäna.

– Visst är det! säger morsan.

– Men han kommer ju hit å vaktar oss, så det är bara bra! tycker Sigge glatt.

– Ja, så kan man ju också se de, skrattar morsan, men han kanske e lessen före, vet du!

– Men visst är det bra å ha en barnvakt som e vår egen? frågar Sigge ivrigt.

– Visst, håller morsan med, men Francisco känner också andra barn, som han kan vakta när deras pappor å mammor ska på fest å sånt?

– Ja, det är klart!

– Men, om vi vill bli vaktade, kommer han välan ti oss först? undrar Sanna oroligt.

– Det är klart han gör, menar morsan.

– Va bra!

– De tycker ja me! muttrar Sigge.

– Då så, ska ni ha frukost eller vill ni svälta? frågar morsan.

*

Ungarna i trakten kommer och tittar på undulaterna. Oftast hörs det lång väg att fåglarna finns på baksidan av stugan. De kvittrar och piper. Några gånger liksom tjuter de för att gråsparvarna landar på burens väggar och tittar in på alla de färgglada undulaterna.

– Tira mamma! säger Sanna.

– Ja, titta, dom e ju så dumma att dom sätter sej på yttersidan av buren, där kan ju sparvarna hacka på dom!

– Men, varför gör dom de? undrar Sigge.

– Dom gillar inte fåglar som e annorlunda, säger morsan, då angriper dom direkt!

När helst Sigge går förbi kollar han om luckorna är stängda. För säkerhets skull. Det kan ju hända att en lucka snäpper upp om någon av undulaterna kommer åt den, man vet aldrig.

Om han ställer sig i hallonlandet kan han hålla ett öga på undulatburen, samtidigt som han står i djungeln av hallonbuskar och solrosor mitt i landet. Precis som en Tarzandjungel!

Solen lyser högt ovan huvudet på Sigge, här är en ranch, som istället för kor odlar undulater, som han skyddar mot de vilda djuren!

Vid undulatburen finns vattenkranen. Där hämtar morsan vatten, sköljer grönsaker och potatis där, men framför allt använder hon kranen när hon tvättar. Då måste han stå stilla i hallonlandet så hon inte ser honom.

Sigge tittar in i hallonplantornas djungel, där inne finns den stora ormen, som ringlar och väntar på att få kasta sig över honom. Han vågar inte vända ryggen mot hallonen, står med sidan åt stugan, så han kan se åt båda håll samtidigt, då upptäcker han om anakondan kommer, precis som i filmen.

– Stå inte å trampa ner hallona! skriker morsan.

Då springer Sigge till stugans baksida, till boden där farsan har verktyg och färg och sådant. Där har Sigge sitt ställe där han får kissa när han inte hinner iväg till kissbacken bakom torrdasset.

När han kissar vid kisstället kan han se potatislandet, till höger utanför stugans tomt. Potatislandet är ett extra stycke jord farsan arrenderar. Farsan betalar för att få ha potatisen och alla grönsaker i jorden.

I potatislandet finns två sorters potatis, en rosa och en vit. Den med rosa skal är gul inuti. Den är godare. Inga andra i koloniområdet har skär potatis.

Men undulaterna får ingen potatis, de har ljud för sig, de finns för att de syns. När Sigge står gömd i hallonlandet syns han inte. Ingen vet vem man är om man inte syns. Ingen vet åtminstone var man är.

*

Sigge träffar farfar några gånger. En gång minns han. Konstigt, farfar bor bara 100 meter från farmårr. De är skilda och farsan pratar inte med farfar om farmårr är hemma. Farfar odlar kålrötter på en jordbit på andra sidan stigen som leder till farmårrs stuga på åsen.

– Gudda! säger farsan.

– Gudda! svarar farfar.

Sigge repar några blad av kålblasten och äter. De smakar fränt.

– Så stor han e pågen!

– De här e farfar, säger farsan till Sigge.

– Goddag! säger Sigge och bockar.

– Han äder av kålen som om han veit att de är hans farfars, skrattar farfar.

– Min själ gör han så, skrattar farsan.

Sigge går en bit ifrån dem och repar ett nytt grönt blad, som smakar likadant som de förra. Farbrorn är farfar. Han känner honom inte, det är underligt!

*

En dag hittar Sigge en av undulatungarna utslängd på burgolvet. Ungen är så liten att den inte har några fjädrar, bara dun och ögonen är slutna. Den är slapp och konstig. Morsan petar in den i redet igen, men strax ligger den utslängd på burgolvet igen. När farsan kommer hem säger han att den är död.

Farsan lyfter ut den lilla slappa fågelungen ur buren och slänger den i slaskhinken.

– Vi vill begrava den, säger Sanna.

– Visst, gör så! säger farsan.

Så de tar upp ungen ur slaskhinken och lägger den i en tom tändsticksask. Sedan gräver de en grop vid foten av plommonträdet Victoria.

De gör ett kors av trästickor och sätter på graven. Det trävita korset står fint mot den mörka jorden under plommonträdet.

*

124

När Sigge bläddrar i serietidningarna försvinner allt omkring honom. Som om allt utanför inte finns när han tittar i tidningen. Kanske finns världen inte om man inte tittar på den?

När Sigge inte tänker på kapten Miki, tänker han inte mycket. Kapten Miki fyller de flesta av hans tankar. Kapten Miki är viktig, kapten Miki lär honom vara duktig.

Morsan pratar om hur viktigt det är att vara duktig, men kapten Miki visar Sigge hur man ska göra. När han ser vad kapten Miki gör får han en bild av duktighet.

Då förstår Sigge vad morsan menar. Inget snack om att kapten Miki är duktig; så duktig att det är larvigt.

Kapten Miki är nyttig och samtidigt rolig. Den kombinationen gillar Sigge. Det nyttiga är oftast trist. Men kapten Miki är inte trist, inte när han kliver ur serietidningen. Kapten Miki håller ett öga på Sigge.

Nästan som om Sigge är huvudpersonen i en serie kapten Miki läser.

Kapten Miki rynkar på näsan åt vissa saker Sigge gör, åt andra ler han belåtet; precis som Sigge när han läser om kapten Miki.

De gör aldrig saker tillsammans, tittar bara på varandra. Sigge leker att han är kapten Miki, men vet att han inte är det. Den riktige kapten Miki står bakom ett träd och spejar på Sigge. Kapten Miki småler när han upptäcker att Sigge leker kapten Miki. Då är kapten Miki belåten och stolt. Kapten Miki leker aldrig att han är Sigge, det är trist. Det vore roligt att läsa om det i Vilda Västern.

Det kommer inte att hända. Ingen vill läsa en serie-tidning om Sigge Larsson. Morsan är den enda som vill läsa om honom. Men Sigge är väldans intresserad av en sådan tidning. Den skulle han köpa i kiosken.

Om han frågar efter en sådan tidning i kiosken kan-ske den finns. Den kanske alltid funnits och Sigge har inte vetat om det. Men, så ler han för sig själv. Han tror inte på sina idéer. Men, det är roligt att fundera!

Kanske är han underlig, han också. Om han är det, så vet han inte om det. Då fattar han inte vad som krävs för att inte vara underlig. Så, det spelar ingen roll. Han kan vara underlig, eller inte. Är han, så förstår han det inte. Är han det inte, så förstår han det inte heller. Trist, men sant.

*

– Undrar om kråkan byggt bo där uppe på taket? funderar morbror Torsten.

Men ingen av de övriga tror riktigt på det. Man har väl aldrig hört talas om annat än att kråkor bygger sina bon i träden! Aldrig har väl någon hört om en kråka som bygger bo på ett dass!

– Inget att bry sej om! Den försvinner bara vi låter den vara i fred! menar morsan.

De vuxna håller med henne, men man kan ju inte bara hoppas att kråkan ska ge sig av. Under tiden har ju naturen sin gång. De äter och dricker så de behöver utedasset. Morbror Torsten trivs, han vill att de ska kissa på tomten, men blir åthutad och tvingad att gå bakom stugan.

126

Ungarna får gå på pottan. De vuxna gör tjurrusningar till och från dasset.

Svårast är det när farsan eller morbror ska ta hinken med innehållet från pottorna och slå i dasset.

Det är inte enkelt att värja sig mot den attackerande kråkan och samtidigt undvika att geggan i hinken skvätter över.

Så, efter några vändor hänger det strumpor till tork på strecket vid fågelburen på baksidan av stugan.

Argast är morsan och moster. De sköljer upp strumporna.

Ungarna tycker det är skoj. Sanna och Sigge gömmer sig tillsammans med de tre kusinerna i syrenerna och spejar när de vuxna ska ta sig upp till dasset.

Det är lika roligt varje gång de kommer farande med fäktande armar och svärande över kråkan som själv för ett oherrans liv. Roligast är det när morbror Torsten ramlar med hinken på väg till dasset.

9.

En dag hittar Sigge en av undulatungarna utslängd på burgolvet. Ungen är så liten att den inte har några fjädrar, bara dun och ögonen är slutna. Den är slapp och konstig.

Morsan petar in den i redet igen, men strax ligger den utslängd på burgolvet igen. När farsan kommer hem säger han att den är död.

Farsan lyfter ut den lilla slappa fågelungen ur buren och slänger den i slaskhinken.

– Vi vill begrava den, säger Sanna.

– Visst, gör så! säger farsan.

Så de tar upp ungen ur slaskhinken och lägger den i en tom tändsticksask. Sedan gräver de en grop vid foten av plommonträdet Victoria.

De gör ett kors av trästickor och sätter på graven. Det trävita korset står fint mot den mörka jorden under plommonträdet.

Ungarna i trakten kommer och tittar på undulaterna. Oftast hörs det lång väg att fåglarna finns på baksidan av stugan. De kvittrar och piper. Några gånger liksom tjuter de för att gråsparvarna landar på burens väggar och tittar in på alla de färgglada undulaterna.

– Tira mamma! säger Sanna.

– Ja, titta, dom e ju så dumma att dom sätter sej på yttersidan av buren, där kan ju sparvarna hacka på dom!

– Men, varför gör dom de? undrar Sigge.

– Dom gillar inte fåglar som e annorlunda, säger morsan, då angriper dom direkt!

*

Dödskalletanten kommer gående längs Skogsvägen. Hon är sjuk, säger de vuxna och det är därför hon är så mager. Hon har högklackade svarta skor och snäv svart kjol med slits. Hon snubblar och i ena handen bär hon en rävboa, vars svans släpar i marken.

Tanten är full. Det är därför hon snubblar och vinglar hit och dit. Hennes djupt röda läppstift smetar över ena kinden.

Hon ser ut som en ledsen clown, rödmunnen över hela ansiktet. Hon har liten svart pillerburkshatt snett på det ljusa håret. Hatten är nära att ramla av.

När den fulla Dödskelletanten kommer närmare ser hon Sigge och stannar framför honom.

– Du va mej en liten skit!

Sigge svarar inget, bara tittar på henne.

– Kan dunte prata?

– Jo!

– Göre ra!

– Ja fårnte prata me främmande!

– Nähäru!

– Nä!

– Kanskeru kunne göra ett undantag fö mej? frågar den fulla tanten och rättar till sin hatt.

– Kanske.

– Kanru då svara me om de här e vägen ti stan?

– Nä, de e åt annra hålle!

– Eru seker? undrar tanten, hon grimaserar, ser ut som om hennes mun slappnat och ska falla av.

Rävboan är dammig.

– Ja!

– Ha–ha, skrattar hon, då får ja vända om!

– Ja.

– Fan, ja har så ont i fötterna, stönar hon, ja trorom tar live av me!

– Inge skönt va?

– Nä, just de!

– Nu måste ja gå hem, säger Sigge.

Visserligen är det lögn, men tanten är så underlig att han inte vill vara med henne länge till.

– Ja e också på väg hem, säger hon.

– Ja, ajö då!

–Ajö merej! ler hon och börjar gå längs Skogsvägen, bort mot Kullen.

Bakifrån syn att hennes strumpsömmar vridit sig så de sitter på utsidan av vadorna.

Hon går lite vinglande och osäkert längs vägen. Hon ser sig inte om en enda gång, som om hon är fullt koncentrerad med att komma framåt. Sigge undrar varifrån hon kommer, hon dök upp nerifrån koloniområdet.

Kanske hon besökt någon av dem som bor där nere. Han undrar varför hon är full. Inte lätt att veta. Han tittar länge efter henne, tills hon är i jämnhöjd med totemträdet. Där svänger Skogsvägen en aning.

Sigge vande sig vid tanten och tycker inte att hon är lika otäck längre.

Det sista Sigge ser av Dödskalletanten är rävboan, som drar upp en liten virvel av damm efter henne. Dammolnet ligger kvar en stund i solskenet och gnistrar, som säger det adjö.

*

Som om det inte räcker med de burar de redan har, svetsar farsan en jättebur av ramar från resårsängar. Sedan klär han den konstruktionen med finmaskigt kycklingnät. Hela rasket målas grått och spikas fast på baksidan av stugan, på ena sidan av vattenkranen vid boden.

– Håll ögonen öppna, ungar, säger morsan, schasa iväg kråkerna om dom kommer!

– Di dödar undulaterna annars! påstår farsan och drar några bloss av Riks shag i pipan.

När farsan just spikat upp den stora, nya fågelburen bakpå stugan och släppt in undulaterna gömmer sig Sigge och Sanna i trädgårdslandet bakom huset och vaktar så kråkorna inte ska bråka med undulaterna. Men, det dyker inte upp några kråkor, så de tar inte så hårt på bevakningen. De ysslar mest med att gömma och smyga i hallnlandet. Fast de talar inte om det för morsan och farsan.

– Kommer de nåra kråker, så börjar jåglarna skrika, säger Sigge till Sanna, då springer vi till morsan å talar omet!

– Snabbt som ögat!

De väntar sig att de ska få se ett moln av svartgrå kråkor ta den grå undulatburen i klorna och flyga iväg upp på Röda Backen. Väl uppe i tallskogen kalasar alla kråkor igång på deras älskade undulater. De äter dem som Mariekex, så det yr fjädrar och huvuden och vingar åt alla håll. Men det blir inte så. Ibland snackar morsan om att någon burfågel mist livet när folk slarvat med att hålla den instängd.

– Så satt den i trät med alla sparvarna farande omkring sej!

Sigge och Sanna lyssnar med klotrunda, uppspärrade ögon till morsans hemska historia om en fågel som gick till de sälla jaktmarkerna på ett otäckt sätt.

– Men åt dom oppen, undrar Sigge, den kunde väl inte göra alla dom dära sparvarna mätta?

– Nja, dom hacka ihjäl den, säger morsan.

Det låter värre än om de bara ätit den som ett äpple.

– Då blev det allt slarvsylta av den! muttrar Sanna buttert.

– Ja, det kan man allt säja, skrattar morsan, men det är otäckt, det är egentlinn inget å skämta om!

Gör dom det på en gång? undrar Sigge, fascinerad och äcklad på samma gång.

– Vad då? undrar morsan, avbruten i sin hemska berättelse om hur illa det kan gå för burfåglar som inte vet sitt eget bästa och stannar kvar i buren, även om luckan är öppen.

– Har ihjäl den?

– Det är ju olika förstår du väl, berättar hon, man vet

inte hur det ska gå för varje fågel, hur lång tid det tar eller så, men det är för att burfåglarna är så... vad heter det? färggranna som dom andra fåglarna jagar dom!

Grannarna kommer efterhand med fåglar de hittar. Mest förrymda burfåglar och mest undulater. Farsan blir fågeldoktor, han får slöa fåglar att piggna till.

*

Det blir lördag och den bruna DKWn dyker knattrande upp på Skogsvägen och stannar vid grinden. Nisse öppnar grinden och morbror Torsten och farsan kommer in med glada ansikten. De har med sig massor av mat och annat som är bra att ha. I en av kassarna ligger ett paket inslaget i fint, rött papper.

Sanna ska fylla år och de har med sig present. Morbror Torsten ser sig om och tar sedan fram sitt luftgevär ur bilen. Han går raskt in med det i huset.

– Ska du skjuta kråkan, farsan? frågar kusin Vera honom, men han svarar inte.

Morbror Torsten ler bara hemlighetsfullt medan moster och morsan berättar om hur hemskt det varit med kråkan på dasstaket hela veckan. De har aldrig varit med om maken.

– Nå, nu är de väl hög tid å sätta på potatisen? konstaterar moster.

Naturligtvis blir det lilla nubben till sillen och de små köttbullar moster Mona är så fin på att göra. Farsan har plockat potatis ur landet, det blir en jättekastrull med potatis som de kan äta med skalen på. Morbror

133

Torsten har köpt tunnbröd för det ska det vara, det hävdar morbror, som jämt snackar om Norrland.

Sedan sitter de och äter. Ungarna får läsk och det är ovanligt, det är inte så ofta.

Morbror Torsten och farsan tar sig några klara och blir rödare i ansiktena och mer högljudda. Sedan kommer kaffe och sockerkaka.

– Å inte är det pulver, konstaterar moster stolt.

– Fattas bara, menar morsan.

Ungarna fortsätter vittja läskedrycksbacken. Nu är det fritt fram för de vuxna sjunger konstiga visor som de sedan skrattar åt. Vera och Nisse blir osams för båda vill ha den sista flaskan Loranga. Tvisten löser sig av sig självt genom att de under bråket tappar flaskan i cementplattorna så den spricker. Moster är framme och sopar glasskärvor.

– Seså, nu får ni dricka vatten! säger moster Mona och pustar lite efter att ha stått på knä för att torka upp läsken.

*

– Ska vi leka kurragömma? föreslår Zamora och lutar sig bakåt på den skitiga tagelmadrassen uppe på vinden.

Det blå– och vit mönstrade tyget har stora mörka fläckar, som om någon pinkat på den

– Skitlöjlitt! tycker Sigge och ingen säger något mer om kurragömma.

– Vill du röka? frågar Zamora Annelie.

– Du inte klok!

– Du da Sigge, vill du ha en tagg? frågar Zamora och hans bruna ögon spelar.

Nu är något förbjudet på gång, det fattar Sigge med en gång.

– Vad då, tagg?

– Ja, en cigarrett, alltså!

– Nä, fy! utbrister Sigge och är förvånad över att de förbjudna orden faller så lätt över läpparna.

Hemma får han tillsägelse om han svär. Men här ses han som en snorunge om han inte gör det.

– Vikka jävla barnrumper! mumlar Zamora.

– Tänd en själv! uppmanar Sigge.

Zamora ser dröjande på honom. Sedan är det som om han fattar att han bara inte kan låta bli. Åtminstone om han vill hålla masken inför Sigge och de andra ungarna.

– Kan ja väl! säger Zamora.

– Gör de nu, ber Lillstigge, som repat sig från sin senaste lipsillattack.

Hans näsa är röd och ögon lite rödkantade, det sitter ännu snor på överläppen, men han tycks inte bekymra sig om det längre.

– Ja, ja! fräser Zamora.

Zamora kollar av att farmorn inte är i närheten och plockar fram en cigarrlåda i brunt trä. Den har en etikett med en tant som håller fram en cigarr mot den som håller lådan. Etiketten är trasig i kanterna, men är fortfarande spännande att titta på.

Sigge undrar vad Zamora har i lådan och varför han inte tar fram ett paket med cigarretter. Men Zamora

135

öppnar cigarrlådan och ur den lyfter han en ask Boston. Medan de andra tittar på honom tar han en cigarrett ur paketet. Han sticker den i munnen efter att ha stött den några gånger mot vänstra tumnageln.

– Varför gör du så? undrar Annelie.

– För å inte få smuler i munnen!

– Äh, säger Lillstigge, vem bryr sej om sånt?

– Vad då för smuler? undrar Sigge.

– Va vet du om det, din lilla... säger Zamora, men en blick från Annelie stoppar honom.

Han letar efter ord några sekunder, men längre behöver han inte på sig.

– Din lilla skitunge! fortsätter han och rumsterar om i cigarrlådan.

– Tänd den då! jagar Annelie på honom.

– Letar efter tändarn ju, fräser Zamora.

*

I mörkret gömmer sig myggor, gråsuggor och annat kryp som håller sig undan solljuset. I mörkret finns det som inte passar i solen. Det är två helt skilda saker.

Sigge vistas mest i solen. När det är mörkt på nätterna sover han oftast.

Sigge ser det hopkrupna mörkret på dagarna, det ligger och lurar på honom, väntar att han ska komma tillräckligt nära för att det ska sluka honom.

För det mesta går han inte så nära, han undviker skuggorna.

Om allt mörkret får plats i skuggan på dagarna, så

är det konstigt att det räcker till om natten. Om det inte kommer mer mörker någon annanstans ifrån. Då får det påfyllning av mer mörker och då är det inte så konstigt att det räcker till att fylla ut hela världen så det blir mörkt överallt.

Eller så kryper mörkret samman så mycket och blir så svart att det får plats på alla de undanskymda ställen. Då ligger det där, tyst och kallt och väntar.

Sigge kan känna de kalla stirrande ögonen från mörkret. Som om mörkret bevakar honom, som om det passar på varje steg han tar, som om det vill hinna ikapp honom, som om det väntar på rätt tillfälle att välla fram.

När solen börjar sänka sig på himlen och det drar ihop sig till kväll hukar sig mörkret i skuggorna och gör sig klart att med ett mörkt morrande kasta sig över dagen.

Sigge har aldrig sett mörkret bete sig så, men han tror fullt och fast att det gör så. Det är elakt och vill ta över dagen för alltid. Kanske är det meningen med mörkret; att det ska ta över när solen går ner.

*

Fru Sörensen kommer med sin slaskhink när ungarna står och hänger mellan soptunnorna och dasset. Hon tömmer hinken i en av soptunnorna.

Fru Sörensen är liten och mörk med bruna ögon, hon ser ut som en lillasyster till morsan. Hon nickar mot Sigge.

137

– Davs, dejlig dag, hvad laver de? frågar fru Sörensen.

Ungarna ser skrämda på varandra och på henne.

De utbyter blickar.

Sedan sätter de fart på cyklarna. De trampar iväg under tystnad.

Sigge blir kvar, ensam med fru Sörensen. Hon ser vänligt på honom med sina bruna, ledsna ögon.

Man måste vara snäll mot fru Sörensen, säger morsan, fru Sörensen har flytt från kriget. Hitler har varit elak mot henne, precis som mot fru Weißmann.

Så Sigge står stilla och springer inte sin väg. Han ler mot fru Sörensen.

Fru Sörensen ställer sin förzinkade slaskhink utanför torrdasset och går in. Sigge står kvar utanför.

När hon kommer ut går hon fram till Sigge och ler med sina små, vita tänder.

Hon rufsar om hans snaggade hår.

– Er du så en flink lille dreng?

Sigge skrattar till, lite generad, svarar inget.

Fru Sörensen tar sin zinkhink och återvänder ner till sin bruna stuga. Sigge förstår att hon, som är så liten, har flytt från den elake Hitler. Den danska tanten lever och Hitler är död. Det är konstigt!

*

Morsan får för sig att de är så gamla att de kan åka och bada själva. Ja, inte själva, men med hjälp av kommunala barnvakter, som jobbar på badbussar som går till Flatenbadet.

Någon av morsans kompisar kommer på idén. Det har stått i tidningen att badbussarna ska börja gå. Kanske ska tanterna ha kafferep på dagarna eller något.

Sanna och Sigge fraktas iväg till stan och förses med utrustning. Kortbyxor, randiga bomullströjor, baddräkter och var sin mugg i blankt, rostfritt stål att dricka mjölk ur.

Morsan är praktisk. Hon påstår att om muggarna är i rostfritt stål håller de hela sommaren. Hon har hört att det finns större ungar än Sanna och Sigge på badet. Ungarna har sönder muggarna för de mindre barnen, har någon sagt.

*

Sigge sover i boden.

Morsan ruskar honom och ser bekymrad ut.

Sigge vaknar lite mosig.

– Är det nåt fel på dej, Sigge?

– Nä då!

Sanna dyker fram ur syrenbersån. Hon har dockvagnen med sig.

Ena framhjulet är skevt, så vagnen, med Dockan i, guppar lite när hon skjuter den framför sig.

– Pappa ska arbeta över, så det blir bara vi idag! säger morsan.

– Han lova ju laga min vagn! klagar Sanna.

– Javisst, det hinner han göra mens du sover, menar morsan.

139

– Hoppas det!

Sigge och Sanna går in på verandan.

*

När helst Sigge går förbi kollar han om luckorna till den stora undulatburen är stängda. För säkerhets skull. Det kan ju hända att en lucka snäpper upp om någon av undulaterna kommer åt den, man vet aldrig.

Om han ställer sig i hallonlandet kan han hålla ett öga på undulatburen, samtidigt som han står i djungeln av hallonbuskar och solrosor mitt i landet. Precis som en Tarzandjungel!

Solen lyser högt ovan huvudet på Sigge, här är en ranch, som istället för kor odlar undulater, som han skyddar mot de vilda djuren!

Vid undulatburen finns vattenkranen. Där hämtar morsan vatten, sköljer grönsaker och potatis där, men framför allt använder hon kranen när hon tvättar. Då måste han stå stilla i hallonlandet så hon inte ser honom.

Sigge tittar in i hallonplantornas djungel, där inne finns den stora ormen, som ringlar och väntar på att få kasta sig över honom.

Han vågar inte vända ryggen mot hallonen, står med sidan åt stugan, så han kan se åt båda håll samtidigt, då upptäcker han om anakondan kommer, precis som i filmen.

– Stå inte å trampa ner hallona! skriker morsan.

Då springer Sigge till stugans baksida, till boden där farsan har verktyg och färg och sådant. Där har

Sigge sitt ställe där han får kissa när han inte hinner iväg till kissbacken bakom torrdasset.

När han kissar vid kisstället kan han se potatislandet, till höger utanför stugans tomt. Potatislandet är ett extra stycke jord farsan arrenderar. Farsan betalar för att få ha potatisen och alla grönsaker i jorden.

I potatislandet finns två sorters potatis, en rosa och en vit. Den med rosa skal är gul inuti. Den är godare. Ingen annan i koloniområdet har skär potatis.

Men undulaterna får ingen potatis, de har ljud för sig, de finns för att de syns. När Sigge står gömd i hallonlandet syns han inte. Ingen vet vem man är om man inte syns. Ingen vet åtminstone var man är.

*

Fågelstackarna får en massa konstiga sjukdomar och fel. Allvarligast är att näbbarna växer vilt. Ingen hejd på hur deras näbbar växer och farsan tar den blanka nageltången och klipper näbben på de mest drabbade. Så håller de sig några veckor tills näbben vuxit ut, då kan de inte äta igen. En som heter Tobias och är ljust, isigt blå som farsans ögon har en näbb som växer fortare än han hinner slita ner den. Farsan klipper Tobias näbb med nageltången, men han verkar inte så frisk för övrigt heller.

– Varför blir dom sådär? undrar Sigge.

Han tror det finns medicin man kan ge undulaterna så näbben inte växer så fort på dem.

– Inavel! muttrar farsan.

– Va e de, inavel?

– Vi behöver nya, friska fåglar å göra fågelongar
med, berättar farsan, dom här bler konstia för att di
fått ungar med varann flera gånger.

– Då blir det ju ännu mera fåglar! säger Sanna
bekymrat.

– Ja, men vi ska inte skaffa nåra nya just nu, menar
morsan, men till vintern måste vi byta på något sätt.

*

Sigge undrar hur han skulle se ut om han var med i
en serie. Han skulle inte ha lika mörkt hår som kapten
Miki. Han skulle inte heller vara lika smal. Han vill
ha uniformsskjorta som kapten Miki. Han kan inte
skjuta och rida lika bra som kapten Miki.

Sigge har aldrig skjutit eller suttit på en häst, det är
en brist. Han vill rida fram längs Bondegatan så det
dånar långt upp till Vitabergsparken.

Men, han gillar inte stora djur som hästar, eller kor
heller, för den delen. Det är oroligt att de är så stora.
Farsan blev sparkad av en häst en gång, så han var
sjuk i flera månader. Hästar är farliga!

Sigge tror inte att seriehästarna, som kapten Miki
rider på, kan sparka någon. De ser så snälla ut.

Men, man vet aldrig; kanske sparkar hästarna kap-
ten Miki när serietecknarna inte är i närheten. Ingen
vet. Men, kapten Miki är snäll mot sina hästar, de
kan inte sparka honom ofta. Det tror Sigge inte. Då
kanske kapten Miki inte kunde rida så mycket; blev
han sparkad ofta skulle han bli rädd för hästarna.

Men det är han inte och då kan det inte vara mycket sparkande heller.

Sigge är rädd för hästar; spelar ingen roll att kapten Miki inte är det. Sigge är inte kapten Miki. Sigge kan vara rädd för hästar om han vill, det har inte kapten Miki med att göra!

*

Sigge och Sanna är väl rustade med sina muggar av stål. De är säkert de enda barnen i världen som har var sin mugg i rostfritt stål. Alla andra har gula emaljerade plåtmuggar, eller muggar i mjuk och dålig plast, med knappt skönjbar färg, som är modernt.

– Om nån bråkar med er ska ni genast gå till bad-tanterna, instruerar morsan.

– Om dom slåss då? undrar Sigge.

– Då ska ni göra som jag säjer och gå till badtanterna!

– Är dom snälla då? undrar Sanna.

– Dom ska hjälpa er, det är därför dom är där! menar morsan.

Sanna är avvaktande. Visserligen har hon fått en blå baddräkt med något konstigt rysch–pysch mitt på magen, så hon är glad över den. Hon är fortfarande tveksam till att åka iväg med en massa andra ungar och bada.

– Är det nåt kul där då? undrar Sanna.

– Det är hur många ungar som helst där och ni kan bada och sola hur mycket ni vill. Dom ordnar lekar också.

– Vi åker och kollar en gång i alla fall! avgör Sigge.

10.

När de går hem till farmårr efter att ha pratat med farfar säger farsan att Sigge inte ska berätta för farmårr att de pratat med farfar. Som om farmårr och farfar inte finns för varandra, farmårr och farfar, trots att de bor bara en bit ifrån varandra. Sigge och farsan har inte pratat med farfar. Så är det.

Där finns farbrorn som är farfar. Sigge känner honom inte. Så, det kan vara vilken farbror som helst. Det är inte säkert att det är Sigges farfar. Det kan vara en annan farbror, vilken farbror som helst. Men det är ändå inte hans farfar.

En farfar är någon man känner. En farfar finns inte nära och långt bort på samma gång. Farfar finns någonstans och är inte en okänd farbror.

Sigges och Sannas farfar är en okänd farbror, som om det inte finns någon farfar. I alla fall är det ingen skillnad mot innan Sigge träffat honom. En farfar han inte träffar. En farfar som inte finns, utom när farmårr åkt till Svedala för att sälja ägg. Eller trasmattor. Då kanske farfar finns. Inte annars.

Låter inte som farfar...

Låter som en otillåten person, verkar dåligt. Som om de inte träffas så värst mycket. En avståndsfarfar, som finns men inte syns. Annorlunda än med morfar, för han är bara död. Varken Sigge eller Sanna har någonsin träffat honom.

För det mesta är farfar som död. Alla gånger de inte träffar honom. Då kunde han lika gärna vara död. Men annars är han farfar.

Andra ungar har en farfar de träffar; han och Sanna har en de aldrig träffar. Men, de bryr sig inte mycket. Nu är det på det här viset. Har aldrig varit annorlunda, de saknar inte sin farfar, utom när de ser honom, eller någon pratar om honom, eller någon annan farfar. Då minns de honom.

Inte annars. Då är han någonstans i Skåne i ett land av kålblast och blåst. Där står han och hackar ogräs och talar aldrig med farmårr, fast de bor ett stenkast isär.

De är ovänner farmårr och farfar, och farfar har ny fru, henne har Sigge träffat fler gånger än han träffat farfar.

Farmårr vill inte att de ska prata med farfars nya fru heller. Så de pratar inte med henne, de gör som farmårr vill när de bor hos henne.

– Det är väluppfostrat å göra så, säger morsan, när man bor hos andra måste man ta hänsyn.

Morsan säger det som om hon inte vill att det ska vara så. Som om hon är tvungen. Det är klart, när farmårr är farsans morsa är det hon som bestämmer hemma hos sig.

Det är som morsan säger; de bor hemma hos farmårr, de äter hos henne och sover i det bortersta rummet, de kommer och går.

Farmårr säger inget åt dem, kanske säger hon åt

farsan, men det får de inte reda på. I alla fall Sigge
och Sanna. De är de sista som får reda på saker.

Naturligtvis för att de är små. Ungar får inte veta
vad som händer. De får bara order om att göra saker.
Men varför de ska göra sakerna får de sällan reda på.
De blir tillsagda.

*

När morsan äter ägg använder hon sin giftasring som
äggkopp. Sigge är avundsjuk på den. Han vill också
ha en ring som äggkopp.

– Barn ska inte ha ringar, dom kan fastna med dom
å göra sej illa, säger morsan.

– En liten bara! försöker Sigge.

– Nä, men låna den här! säger morsan och tar av
sig sin andra ring, förlovningsringen.

– Jag vill också ha ring! skriker Sanna.

– Okej, ta den, säger morsan och lånar henne gif-
tasringen, själv tar hon Sigges övergivna äggkopp.

Det är svårare att äta ägget när det står i ringen, det
vickar omkull mycket lättare än i äggkoppen. Men
det är spännande. Nästan som en utflykt. På utflykter
tar man inte med äggkoppar, man äter äggen som de
är, eller använder vad man har till hands, som ringar
och sådant.

Då vill Sigge ha en ring istället för äggkopp. Det är
ett bra verktyg att ha med på en utflykt.

*

Efter kaffet ser farsan på morbror Torsten. De reser sig och går in i stugan. När de kommer ut igen har morbror luftgeväret med sig och farsan har en glasburk med lock. I burken ser det ut att vara blod.

– Herregud, va har ni där? undrar moster.

– Litta inälvor, skrattar farsan.

De sticker iväg mot dasset. Morbror stannar på tomten och dirigerar farsan som bär den där läskiga burken. Farsan lägger ut inälvor på ställen som morbror Torsten kan sikta mot. Nu ska de locka ner kråkrackan Men det verkar som om kråkan är på sin vakt. Den sitter i alla fall stilla på dasstaket och ser på dem utan att flyga ner.

Farsan tar sig nerför backen och sällar sig till morbror. De skrattar och farsan säger något. Så blir de tysta. De gömmer sig vid staketet bland syrenerna och väntar på kråkan. Sigge förstår inte varför de inte skjuter mot kråkan där den sitter på dasstaket.

– Ja, se karlar! suckar moster och slår upp mer likör till sig och morsan.

Ungarna sysselsätter sig med det som är kvar av sockerkakan. Alla väntar på att kråkan ska falla död ner när morbror fyrar av luftgeväret.

– Tog dom flaskan me sej? undrar morsan.

– De verkar så, nu leker dom storviltjägare.

De kan se när kråkan lyfter från dasstaket. Den cirklar upp i luften som någon blek kopia av en gam och svävar omkring där uppe ett tag.

– Nu får dom allt sno sej på, för ja skulle behöva gå! fnittrar morsan.

Kråkan slår ner i backen. En liten smäll hörs när morbror drar av ett skott. Kråkan kommer farande upp från marken och cirklar till allas förvåning omkring i luften. Den verkar inte skadad alls!

Sedan styr den för första gången in över stugan. Alla duckar när den sveper in över bordet, men den landar mitt på bordet Alla springer upp från stolarna så att några väkter och flaskor och glas faller omkull.

– Schas, din fuling! försöker morsan.

– Graaaaah, säger kråkan och flaxar till med vingarna ett par gånger, så morsan tar några steg bakåt.

Då smäller det igen och moster Mona skriker till, hennes hand far till axeln. Kråkan blir rädd och flyger, den välter likörflaskan som står utan kapsyl. Moster skriker i högan sky. Vera börjar gråta och morsans underläpp darrar.

– Sluta skjuta Torsten! skriker farsan.

De kommer båda springande mot bordet, morbror har geväret i handen. Kråkan kommer mot dem, morbror tar geväret i pipan och slår efter kråkan. Det enda som är i vägen är farsans huvud.

Farsan svär till och morbror också. Blodet rinner ur pannan på farsan och han vacklar omkring vit i ansiktet för att till slut sjunka ner på knä. Morsan rusar fram till farsan och moster till morbror.

– Hur gick de? skriker de i kör.

– Den räliga jäveln! muttrar farsan där han sitter i gräset.

– Du sköt mej! gråter moster Mona och vill inte låta morbror Torsten titta på hennes axel.

149

Hon slår bort hans hand så fort han försöker ta i henne.

– Låt bli, tokskalle!

Efter en stund lugnar alla ner sig. Farsan har bara fått ett litet jack i pannan, mosters axel är det ingen fara med. Där har huden bara spruckit en smula.

Ungarna skickas i säng och det är tyst vid bordet. Ett sporadiskt kluckande hörs när de vuxna slår upp ur flaskorna. Det klatschar när de slår efter någon mygga.

*

Zamora hittar tändaren och det är en bensintändare som till hälften är rund och med resten platt.

Det stinker bensin om den, mest när Zamora tar upp den ur lådan.

– Va har du fått den ifrån? undrar Lillstigge.

– Skit i deru!

– Äh, Zamora, va inte så avi, tala om var du fått den? ber Annelie och lägger huvudet på sned.

Sigge vet att det ljusa huvudet på sned och leende, det kan inte Zamora motstå. Tydligen vet Annelie det också.

– Ja ficken av brorsan, berättar Zamora.

– Gav han verklinn bort den?

– E den inte farli? undrar Sigge.

– Vad då farli?

– Kan den inte börja brinna?

– Lägg ägg! säger Zamora.

– Gav han verklinn borten? undrar Lillstigge igen.

– Va fan, skulle inte han ge borten om han ville de?
brusar Zamora upp.

– Va säjer din farmor då?

– Hon skiter väl i de! påstår Zamora och lyckas få
eld på cigarretten och puffar lite på den.

– Nån som vill smaka? frågar han, Sigge ska inte
du pröva?

– Okej, säger Sigge och tar cigarretten.

Den är mycket lättare än han tänkt sig den skulle
vara, han sätter den i munnen och blåser.

– Dumskalle, du ska dra inåt! fnissar Annelie.

Sigge undrar hur hon hunnit lära sig det och inte han.

– Rök du som e så dukti, säger han och slänger
cigarretten mot Annelie.

– Fö fan, du e ju inte klok! skriker Annelie och snap-
par åt sig cigarretten från det glesa golvet på vinden.

Först sedan Sigge slängt cigarretten inser han att
den kunnat falla ner genom vindsgolvet och starta en
brasa där nere. Nu har Sigge turen på sin sida så det
blir ingen eldsvåda.

– Ta den du, säger Annelie och räcker cigarretten
till Lillstigge.

Han tar emot den och suger i sig luften i den genom
ett häftigt bloss.

Det slutar med ett hostanfall. Lillstigge hostar till
så han fiser.

Zamora och Annelie garvar, Sigge blir arg.

– Nu skiter vi i de här! säger han.

– Varför de? undrar Annelie.

– Det är trist, påstår Sigge.

– Du e skraj, säger Zamora och drar ett försiktigt bloss.

Röken sticker dem i näsan och ögonen. Annelie öppnar luckan till vinden.

– Va håller ni på med där uppe? Röker ni? hör de Zamoras farmors hesa röst.

– Tyst för fan! väser Zamora och släcker rutinerat cigarretten i en glasburk som står på golvet invid taket, lägger locket på burken och sticker ut huvudet genom vindsluckan.

– Vad är det farmor? frågar han med len röst.

– Zammy, ni röker väl inte där uppe?

– Närå farmor, du ska inte va orolig, det är bara damm, hävdar Zamora.

– Ja, ställ inte ti nåt elände nu, Zammy, utan va en snäll pojke, muttrar farmorn.

– Visst, farmor!

– Maten är klar om en timme, Zammy, berättar hon.

– Ja, ja är här tiss dess, säger Zamora.

– De va nära ögat, säger han när farmorn gått sin väg, man skulle ha ett fönster så vi kunne vädra bort röken ordentlit.

– Eller låta bli å röka, fnittrar Annelie.

– Men det är så svårt å sluta! hävdar Zamora.

– Nu skiter i alla fall ja i det här, säger Sanna.
Ja också, håller Annelie med.

– Kommer du Sigge? undrar Sanna.

– Strax, svarar han, du kan ju gå i förväg.

– Men, vi ska ju äta strax, hävdar hon.

– Okej då!

– Ska vi träffas efter maten? frågar Zamora.

– Vi får se, du kan väl komma över? tycker Sigge.

*

– Var har du varit? undrar morsan.

Sigge funderar på om han ska berätta om gråsparvarna, men han bestämmer sig för att göra som han tänkt från början. Det är lugnast.

– Ute bara.

– Har du haft roligt da?

– Jora.

Då skulle det blivit bra mycket mera prat. Nu kan han få vara ifred. Det skulle han inte annars. Då skulle hela rappakaljan av förmaningar skölja över honom.

– Va bra då!

Hon håller på att vispa smet till en sockerkaka i en bunke av rostfritt stål.

– Får jag slicka sen? undrar Sigge.

– Javisst.

*

Sigge och Sanna pratar med Zamora.

– Det är ju skitlöjligt! Åka badbussar med en massa snorungar! tycker Zamora.

– Är det välan inte! hävdar Sigge.

– Är det ju.

Zamora ruskar sitt snaggade huvud. Man kan se den del ärr i hans hårbotten.

Vita jack i det kortklippta, mörka håret.

– Morsan säjer att det finns killvakter också, säger Sigge.

– Sssss, fnyser Zamora.

*

– Bussarna går från lekparken borta vid barnrikehusen, där det bor så många ungar, förklarar morsan. Ni kommer att få så roligt i Flaten.

*

– Ja tåg en liten tittemitt å tänk om den tåg mej! sjunger en tant i radion.

– Skitlöjlitt!

– Du får inte svära, Sigge, förmanar morsan.

– Hörde du inte?

– Jo, svarar hon.

– En tant som inte kan prata rent! påstår Sigge.

– Var inte dum nu! Hon sjunger så för att barn tycker om att höra såna sånger!

– Inte jag!

– Inte jag heller, nä hä! säger Sanna, fast hon skrattade väldans när tanten sjöng med sin barnröst.

– Det gör du visst! hävdar Sigge.

– Nähä!

– Gör du visst ju!

– Sluta å kivas nu! förmanar morsan.

– Hon gilla de dära tittemittandet!

– Ja, det är väl bra, ja tycker också om de, påstår morsan och ler mot Sigge.

– Tittemitt! fnyser Sigge.

– Nähä! påstår Sanna.

– Tittemitt, upprepar Sigge och lipar mot Sanna.

– Nähä, nä hä! skriker Sanna och börjar gråta.

– Titta nu va du gjorde, Sigge, nu börja hon grina!

– Tittemitt!

– Sigge, låt Sanna va i fred! säger morsan strängt.

– Tittemitt! säger han och lägger samtidigt ner stor möda på att försöka rita en riktig katt.

– Sitt inte inne å uggla när de e så vackert väder!

– Nära! svarar Sigge och lommar ut.

Han tar cykeln och trampar iväg bort till Zamora. Men det visar sig att Zamora inte är hemma. När Sigge tittar in till hans farmor berättar hon att Zamora är någonstans med sin farsa, så Sigge cyklar upp mot Skogsvägen.

Där står en gubbe och målar av den gamla jordkällaren, som hör till Fröjden, det stora huset vid stora eken. Sigge ställer sig att titta på hur farbrorn målar.

Först gör han några streck och sedan raskt på med färg. Det går så snabbt att Sigge bara står lutad mot cykelstyret och stirrar. Han har aldrig tidigare sett någon måla av något. Han har aldrig trott man gör så. Farbrorn tar några steg tillbaka och tittar på sin tavla. Sedan ser han bort mot Sigge, som fortfarande står några meter bakom honom.

– Nu har du tittat på hela tin, så nu får du säja vad du tycker om tavlan! säger farbrorn.

– Den e fin! säger Sigge.

Tavlan ser ut som ett fotografi av den gamla fall-färdiga jordkällaren.

– Tror du nån vill köpa den? undrar farbrorn.

– Visst, de vill nog många, säger Sigge, va kostar den?

– Tja du, det är många veckopengar, skrattar farbrorn, du kan inte köpa en sån på många år!

– Nähä.

Målarfarbrorn packar sin väska med färgtuber och penslar i. Så sätter han fast tavlan utanpå väskan och kommer emot Sigge.

– Hej med dej då, kul du gilla tavlan! säger han och rufsar om Sigges hår när han går förbi.

– Ajö då, säger Sigge.

Han trampar igång cykeln och ökar farten i den svaga utförslöpan ner mot dasset och soptunnorna. Han svänger tvärt vid grusavtaget ner mot stora eken och kommer farande ner till stuggrinden med sådan fart att han inte hinner bromsa i tid, utan får backa med cykeln några meter.

Sigge lutar cykeln mot körsbärsträdet och går in och hämtar sin lilla svarta plåtask med vattenfärger. Han tar en av de mörka medicinflaskorna och fyller den med vatten, tar med sig en pappskiva som legat under en tårta och går tillbaka upp mot dasset och ställer sig med all utrustning i backen.

Han ska måla av backen; det står en stor tall i branten upp mot skogen, han målar av den. Så kommer Storjut-tan, då målar han av henne också. Så är tavlan färdig, fast han lägger till ett par brännässlor som växer vid sophögen. Sigge tycker tallen och Skogsvägen blivit bra. Storjuttan blir lite kladdig, men det syns att det är en tant han målat. Hon har klänning och det syns bra på målningen.

Sigge funderar ett tag på om han ska måla något på baksidan av den runda kartongbiten också. Men så gjorde inte farbrorn som målade av jordkällaren, så det gör inte Sigge heller.

Han häller ut vattnet ur flaskan, det har blivit grumligt. Han lägger penseln i plåtasken med färgerna, så återvänder han till stugan. Han visar tavlan för morsan.

– Oj då, det är stora tallen i backen, e det inte? Å en tant, är det mej du målat av?

– Nä, det är Storjuttan!

– Ja, hon e ju lika tjock som ja, så det är lätt å ta fel. Men det är en bra tavla, Sigge, den ska vi rama in!

– Ska den på museum?

– Nä, men vi sätter den på väggen tiss vi hittar en ram som passar!

Sigge lägger tillbaka sitt målarskrin och känner sig som en riktig målare.

– De va en gubbe som måla på andra sidan backen, berättar han.

– Så då va backen full av konstnärer ida da! skrattar morsan.

– Ja, skrattar Sigge.

11.

Nästa dag är farsan och morbror tysta. Farsan har plåster i pannan, moster har armen i mitella, men den tar hon av sig vid middag. Kråkan finns inte på dasstaket. Luftgeväret verkar ha försvunnit, Sigge letar i morbror Torstens bil och inomhus, men geväret är borta.

De glömmer inte kråkan. Sigge stelnar till flera veckor senare, när han hör en kråka kraxa bortåt backen till.

*

Solen lyser rakt ner på stugan. Ljuset är så starkt att det gör ont i ögonen. Sigge gnider ögonen men ögonen fortsätter svida.

Sigge ställer sig i skuggan under äppelträden.

Den ljusgröna färgen på stugan ser mörkare ut än förut.

– Ut i solen med dej Sigge!

– Det är för varmt!

– Trams! Sol är nyttigt! Solen håller oss friska, påstår morsan.

– Men, det gör ont i ögona!

– Är du sjuk?

– Nä, men det gör ont i ögona!

– Vi får se om det inte går över, funderar morsan.

– Ja.

– Nu kan du ta det lugnt ett tag!

– Ja.

– Jag går över till Storjuttan ett slag.

– Okej!

– Jag blir inte borta länge. Var är Sanna? undrar morsan.

– I bersån, svarar Sigge.

– Håll ett öga på henne! ber morsan.

– Visst.

Morsan sticker iväg genom den vitmålade grinden mot Tyresövägen. Hon går längs grusgången bort mot Storjuttans.

Sanna rotar med något i bersån. Sigge slår sig ner på gräset och tittar på stugan.

Stugan är ljusgrön med vita knutar. Från Tyresövägen syns bara de vita knutarna och det svarta, tjärade taket. Det gröna smälter in bland allt lövverk och buskar.

De gröna växterna äter stugans grönhet. Konstigt att en stor sak som stugan kan synas så lite! Den märks bara på vintern. Då är det gröna starkare mot den vita snön.

Ögonen känns som om han har feber och är sjuk, men nu är han frisk och det ska inte bränna i ögonen. Han undrar om han är sjuk i alla fall. Fast det inte riktigt märks. Det blir bara lite ont i ögonen och så får han stå i skuggan och vänta på att han ska bli frisk.

Kanske han slutar se, blir blind. Men, det vill han inte, så han står i skuggan. Där är det som i djungeln.

Det är som om han lever mitt ibland anakondorna i ljuset och skuggorna under äppelträdens lövverk.

Varje gång Sigge ser de djupröda pionerna går han fram till de frodiga växterna för att titta på myrorna. Myrorna är roliga.

De små svarta myrorna promenerar i sicksack över de eldröda delarna av blommorna. Över de gröna delarna tar myrorna det lugnare.

Sigge betraktar nerverna i blombladen; de har en brunröd ton, som om det finns ådror inne i blomman, som vill bryta igenom allt det gröna.

De svarta myrorna bor i pionernas knoppar, blommorna är bara en annan slags myrstack än den farsan visat honom i skogen. Varje gång han passerar de röda pionerna, nog finns det svartmyror på dem.

Sluter han ögonen kan han se de svarta myrorna framför sig mot allt det mörkt röda i blommorna.

*

En farbror läser på vevgrammofonen om Lille Per som drar ut i världen. Den elaka kråkan som kraxar åt Lille Per tycker Sanna inte om. Sigge tycker den är bra. Sanna tycker den elaka kråkan är för elak. Hon vill inte lyssna när den kraxar.

Spela grammofon är roligt. Sigge har brutit armen och morsan är orolig när han spikar i trappan. Hon tror armen ska gå sönder igen.

Sigge bröt armen när han tog Sannas trehjuling och försökte få upp den på bordet i bersån. Så föll han framlänges och vänstra armen gick av. Han fick två handleder på den.

Ont gjorde det. Sigge grät och tänkte att kapten Miki, han skulle inte gråta om han bröt armen. Han skulle ha suttit upp på sin häst och ridit till doktorn med den skadade armen dinglande längs sidan. Han skulle inte ha gråtit så mycket som Sigge.

Farsan åker med Sigge i taxi till sjukhuset. Chauffören tycker synd om Sigge och kör så fort han kan. De får gå före alla i väntrummet för att Sigge är så liten och gråter så mycket.

Fast det sitter många i väntrummet och väntar på att bli omplåstrade.

Doktorerna och systrarna lägger Sigge på en bår. De klipper sönder hans bruna jacka, men bara ärmen och sätter en trådmask över hans ansikte.

– Du som e så stor kan väl räkna ti hundra? undrar en syster.

– Ja.

– Räkna högt för mej, så får ja höra va du kan! säger hon och ler mot Sigge.

Han blir så överraskad att han slutar gråta.

Sigge räknar högt och systern häller en vätska på en tyglapp och lägger lappen på trådburen som Sigge har över munnen.

– Det är bra grabben, fortsätt räkna du bara, så ja får se hur dukti du e! säger hon och nu ser han bara hennes ögon, eftersom hon har en lapp för munnen.

– Tie, elva, tolv, tretton, tretton.

Han kan inte komma ihåg vad som kommer efter

tretton. Sjukysterns ögon försvinner bort bakom hennes panna.

*

När han vaknar har han ett jättestort bandage om vänstra armen.

– De här e gips, säger doktorn. Du får inte slå med nåt på det, då kan det gå sönder. Du lovar mej å vara rädd om det?

– Visst, svarar Sigge.

Han tittar ner mot sina fingrar. De är blå mot det kritigt vita bandaget.

Sedan åker farsan och Sigge taxi hem till stugan. Morsan är inte så orolig först, men sedan oroar hon sig för att Sigge ska ha sönder bandaget och göra sig mer illa i armen.

Så därför får Sigge spela grammofon själv. Bara han är försiktig när han drar upp urverket på grammofonen och försiktig när han lägger på nålen, så han inte gör den trubbig. Då blir det svårt att höra vad som finns på skivorna. Sanna vill också spela på grammofonen, men det får hon inte, hon är för liten, säger morsan. Sigge har lovat spela de skivor Sanna vill lyssna på.

– Lura inte Sanna nu, så hon blir lessen, säger morsan innan hon går ut.

*

Morsan tvättar, då står hon vid knuten intill buren med

alla undulaterna. Då kan hon hålla ett vakande öga på fågelburen så kråkorna inte skrämmer undulaterna. Så tvättar hon samtidigt.

Inne i stugan sitter Sanna med Dockan och håller för öronen när kråkan på skivan med Lille Pers vandring kraxar elakt. Emellanåt kommer morsan in och kollar att de inte är osams. Men det är de inte. Även om Sanna håller för öronen varje gång den elaka kråkan kraxar åt Lille Per.

Det luktar tvättmedel och varmt vatten, som morsan värmer på primusköket Francisco hjälpte dem köpa med sin personalrabatt.

Morsan bär kastrullen med varmt vatten ut genom dörren och runt knuten och häller det varma vattnet i tvättbaljan av förzinkad plåt. Hon blir röd i ansiktet av att bära vattnet så långt, men verkar inte så trött, ibland kan hon vara hemskt trött.

Rätt vad det är blir morsan arg för att de sitter i stugan och spelar grammofon.

– Ut i solen å lek me er!

– Men vi skulle ju ta det lite lugnt! protesterar Sigge.

– Du leker fint å stilla så du inte gör illa armen, säger morsan och schasar i alla fall ut dem.

Solen skiner obarmhärtigt, men det är trist att leka bara med enda handen, så Sigge använder båda. Så fort morsan återvänt till sin tvätt.

Den gipsade handen gör inte ont och då kan det inte göra så mycket. Gipset blir smutsigt och det faller flisor ur det, Sigge är orolig att det ska gå sönder så mycket att det faller av. Då gör det ont i armen igen.

163

Så, när han kommer ihåg det, leker han så försiktigt han bara kan.

Mesta tiden leker han som vanligt, utom när morsan påminner honom. Hon blir förskräckt ibland och frågar om armen inte gör ont. Det tycker han inte.

– Om de gör allra minsta ont måste du tala omet för mej me en gång!

– Ja lovar!

Så ont gör det aldrig. I början tror Sigge handen ska lossna om han tar i något tungt, men det gör den inte. Den håller. Sigge undrar om benpipan vuxit samman igen, eller om det smutsiga gipset håller ihop den.

– Gipset stöder armen mens den läker, förklarar morsan, om nåra veckor e armen som ny igen!

– När vet doktorena att den e hel?

– Dom röntga den!

– Va? Va e rönka?

– Dom lyser genom armen me en stark lampa å tar en bild av den, precis som när vi tar bilder me våran kamera!

– Kan dom se genom armen? undrar Sigge tveksamt.

– Ja, dom lyser å ser bene i armen. Då ser dom om bene e klart eller inte. Ja tror dom gjorde så på dej när gipset va klart, för att dom skulle se om dom lagt bene rätt, menar morsan.

– De kommer jag inte ihåg!

– Du kanske fortfarande va sövd då?

– Kanske.

– Va e sövd? undrar Sanna.

– Som Sigge blev för han inte skulle känna när doktorn drog den trasiga armen rätt. Man liksom sover, fast hårdare, påstår morsan.

– Sigge grina när han bröt armen va?

– Ja, för de gör väldans ont å bryta armen. Det är bra att man gråter för då syns de att man gjort sej illa, menar morsan.

– Men de syntes ändå, säger Sigge, de såg ut som ja hade två handleder ju!

– Ja, men du hade tur. Ibland så sticker de brutna bene ut genom skinne så de blöder också!

– Har Sigge ett ben i armen? frågar Sanna förvirrat med rynkad panna.

– Javisst, skrattar morsan, de har du också, de har alla inne i kroppen. Såna ben som det är i höns, vet du? Alla djur har såna å mänskerna också.

– Va läskitt! suckar Sanna och tittar på sina tunna armar.

Hon känner på dem med pannan kraftigt rynkad.

– Om vi inte hade ben i kroppen skulle vi va som geléklumpar, berättar morsan.

– Varför då?

– Benen gör att kroppen kan stå upp, säger morsan, musklerna sitter fast i benen å gör så man kan röra se.

– Konstitt! tycker Sanna.

– Nä, men finurlitt!

– Nu gör de i alla fall inte ont i armen, säger Sigge. Det blir för många förklaringar.

*

De nya mörkblå kortbyxorna som ska användas vid färd med badbussarna känns fåniga. De stretar mot låren, är varma och de är löjliga när de går där, Sanna och Sigge. Sigge bär en filt under armen, en larvig liten shoppingväska med stålmuggarna, handdukarna och en hårborste.

– Du får inte springa från mej, säger Sanna och ser bedjande på Sigge.

– Närå, lovar Sigge.

Vid barnrikehusen på Blåsutvägen står en hel skock ungar. Några tanter går runt och frågar vad de heter. Barnen berättar vad de heter och blir uppskrivna på kort.

Tanterna hänger korten på en blank ring av stål. De skriver också upp hur gamla ungarna är.

– Vill ni åka med samma buss? undrar badtanten.

– Ja, svarar Sigge.

– Så kan ni vara tillsammans, konstaterar badtanten.

Bussarna, gula och svarta, som kör i Södertörnstrafiken i vanliga fall, kommer. Nu ska de frakta de badsugna ungarna. Det är stoj och glam i bussen.

*

Badtanterna berättar vad som ska hända under dagen. Vad ungarna inte får göra. En sak de absolut inte får göra är att ge sig av utanför länsarna om de inte kan simma. Simma kan de inte, varken Sigge eller Sanna. De har inte lärt sig. De bor inte vid någon sjö.

– Vad är läns för något? undrar Sanna.

– Det är en gräns, försöker Sigge förklara.

– Det är en stock som flyter i vattnet, du ska hålla dej innanför den så du inte drunknar, berättar badtanten.

– Vaktar du inte då?

– Jovisst, oroa dej inte lilla vän, skrattar badtanten.

Hon är blond och har fjun på överläppen. Fjunen glänser i solstrålarna som letar sig in i bussen medan färden går ut mot badet.

*

De möter få bilar och de allra flesta är lastbilar. De passerar flygfältet vid Skarpnäck, där har Sigge varit en gång med Farsan på cykel. Då visade Farsan på segelflygplan som gled omkring högt uppe i det blå.

En mörkhårig grabb i rutig skjorta har med sig en saftflaska som han tappar i bussgolvet så saften rinner ut över det grå gummigolvet.

Saften är skär så den ser ut som blod.

En av badtanterna rusar bakåt i bussen och tar upp flaskan som är hel. Men det är kletigt var hon än försöker sätta fötterna på golvet.

– Djävla dåre! skriker någon.

– Det här ska jag ordna, men du, ta inte med nån saft i morron va? säger en av badtanterna.

– Nä.

Killen stoppar ner flaskan i väskan. Han har likadan axelväska som farsan har när han åker motorcykel till jobbet, grön med läderremmar.

– Tack för sjussen, tack för sjussen, den va välditt bra, sitsarna va mjuka, femton blevo sjuka. Tack för sjussen den va välditt bra! sjunger de flesta ungarna i bussen.

Sanna kryper närmare Sigge, som om bara de inte vet vad de ska sjunga. Men, sången är med ens slut.

Bussarna svänger av från stora vägen och stannar intill ett gunnebostaket med en massa grindar i.

*

Grindarna vid Barnflaten har skyltar med nummer och namn. När de stiger av bussen knuffar Sigge av en slump till en av de andra grabbarna, som faller på näsan i gruset på planen där bussarna stannat. Det verkar inte som om han slår sig speciellt mycket.

– Se dej för klantarsel! muttrar grabben som rest sig.

Sigge låtsas inte om honom, men när de går in på badområdet börjar grabben följa efter Sigge och Sanna.

Barnbadet är stort, det myllrar överallt av ungar.

Sigge håller hårt i sin väska.

Sanna tittar sig nyfiket omkring.

Sigge och Sanna följer badtanterna in på badet.

När de går uppför grusbacken berättar tanten vad de passerar.

– Här till höger har vi teatern, där blir det roliga saker varje dag! berättar Maj. Det är dit ni ska gå när dom ropar i högtalarn att det är något på teatern.

Teatern är ett golv av bräder. Bakom golvet finns en vägg och bänkar att sitta på framför golvet.

– Finns det nån Kasper? undrar Sanna och ser upp på blonda Maj.

– Visst! Ibland är det Kasper. Du kommer säkert att träffa honom under sommarn. Tat lugnt så blir det jätteroligt! säger Maj.

– Va bra!

– Visst stumpan, det är bra.

– Kostar det pengar att se på Kaspern?

– Nä inga alls! Allt här är gratis, det enda ni behöver tänka på är att inte gå utanför länsen i vattnet.

– Det klarar vi enkelt, eller va?

– Jora, menar Sigge.

Till vänster ligger bullutlämningen. Den består av långa räcken eller staket av järnrör, som ska hålla reda på alla barnen.

– Hit ska ni gå när det är dags att äta. Ni kan väl läsa? Ni ska stå i kön som har eran ålder på skylten där framme, berättar Maj.

Maj pekar vagt bort mot anläggningen.

– Om vi inte hör da? undrar Sanna.

– Var inte orolig, vi går runt och tittar efter att alla kommer hit och får sin mjölk och bullar.

Sigge och Sanna går i utförsbacken ner mot stranden. Ute i vattnet ligger stockarna de inte får gå utanför, eftersom de inte kan simma.

Solen lyser så starkt mot dem att det är svårt att titta ut över vattnet.

Det glittrar och blänker väldigt i vattenytan.

Men det finns rutschbanor i strandkanten. De slutar i vattnet. Sigge pekar mot rutschbanan.

– Kan man verkligen åka i dom där? undrar Sigge.

– Javisst, det är jättekul, det stänker när man landar, prova det sedan, menar Maj.

Sanna och Sigge ser sig om efter någonstans att lägga filten. Intill ett träd och inom bekvämt räckhåll för en papperspelle tycker de blir bra.

– Här tycker jag, säger Sanna.

– Okej.

Sigge svänger ut den gul– och brunrandiga filten.

De ställer sina väskor på filten och Sigge sätter sig ner.

Grabben från bussen, han som skrek så elakt, dyker upp och sparkar sand på filten. När Sigge reser sig upp springer grabben sin väg.

Sigge ser efter honom. Grabben har flera kompisar han snackar med.

Sanna sticker iväg för att byta om. Sigge ser att det finns omklädningstugor som liknar toaletter. De är av trä och målade i ljusgrön färg.

När Sanna kommer tillbaka ska de bada. De går ut på bryggan och då kommer en av grabbens kompisar och försöker knuffa Sigge i vattnet.

Sigge får tag om halsen på den som knuffar, de ramlar båda två ner i vattnet.

När de kommer upp till ytan igen sticker grabben genast upp ur vattnet.

Sigge upptäcker att han kan stå i vattnet utan att få huvudet under ytan.

– Va dumma dom är!

Sanna hjälper Sigge upp på bryggan.

– Ja.

170

*

De stannar en stund på bryggan. Vattnet är inte djupt. De andra ungarna verkar veta hur de ska göra, allihop. De far runt som aporna på Skansen.

Sigge och Sanna provar rutschbanan ut i vattnet.

Efter några gånger bränner sig Sigge i skinkan för att det inte finns något vatten i banan.

Då slutar han åka.

De slår sig ner på filten och tittar lite på de andra ungarna.

Sanna plockar med sin Docka och tittar emellanåt ut över vattnet.

Sigge ställer sig upp för att torka vattnet ur det snaggade håret.

– Akta dej, Sigge!

Någon landar på hans rygg. Killen från bussen! Sigge böjer sig snabbt framåt och grabben far som en skadeskjuten tomte genom luften. Grabben landar med en torr duns på baken och tappar luften.

Sitter stilla och stirrar dumt på Sigge.

Sigge håller fortfarande frottéhandduken i handen.

– Kom Berra, den där är ju inte klok! säger en av grabbens kompisar.

En av kompisarna kommer springande och hjälper grabben upp. De blänger på Sigge, medan de går sin väg. Grabben som hoppade på Sigge haltar en smula.

– Va läskigt! tycker Sanna.

– Äh.

Kapten Miki skulle gillat det här. Sigge känner sig lika stor som en storebror ska. Men på samma gång finns hotet från dem han inte slagits med.

Det blir dags för bullutdelning och mjölkhämtning. Det ser ut som ett bageri när badtanterna och de äldre ungarna lyfter upp brödlådorna, som det står Konsum på. Mjölken finns i jättestora flaskor av plåt. De äldre grabbarna springer runt bland ungarna i köerna. De har sönder muggar för de mindre. De välter ut mjölken för de små och stjäl bullarna för de allra minsta.

Sigge och Sanna står i skilda köer, eftersom köerna inrättas efter ålder.

– Vänta på mej! skriker Sanna.

– Visst! säger Sigge.

Sigge väntar på Sanna efter utdelningen. Sanna vinglar med bullar och mugg. Hon har svårt att balansera; ena handen upptagen av muggen och den andra med tre släta bullar. I slutet av kön gråter många av de mindre för att de tappat sin mjölk och blivit av med sina bullar.

De skickas in på nytt i kön. Badtanterna kollar att de får bullar och mjölk den gången.

12.

De första dagarna efter att Sigge brutit armen har han mitella. En snodd om nacken som armen hänger i. Sigge tar armen ur mitellan, så morsan syr en mitella som binder fast armen mot kroppen. Då är det inte lätt att ta den ur mitellan. Men det går, det också. Men, det är enklare att komma ihåg att armen ska vila i mitellan.

Snart är mitellan glömd, hänger på Sigges bröst och är mest i vägen. Sigge har glömt att han grät när han bröt armen.

Han är en krigshjälte. Med bandage om armen precis som på den stora tavlan med guldram mårrmårr har på väggen. Där sitter en krigshjälte med armen i band och stirrar mot horisonten. Medan en tant, som kanske är hans fru eller en sjuksyster, står vid hans sida med handen på den sittande krigshjältens axel. Sigge är duktigare än krigshjälten, för Sigge sitter inte i en stol och tittar rakt fram.

Men krigshjälten ser så ledsen ut och mårrmårr säger att det är för att han aldrig mer blir frisk och för att många av hans kompisar dött i kriget.

Sigge blir frisk i armen, säger morsan. Ingen av hans kompisar dog i kriget. Zamora säger att det är ballt med Sigges gips och Lillstigge tycker inget alls. Han hänger bara på grinden och stirrar på bandaget.

Så länge gipset sitter kvar vill morsan inte att Sigge är utanför staketet och leker med de andra ungarna. Hon är rädd att han ska slå sönder bandaget.

Så hon låter honom vara hemma hos Zamora och uppe på Skogsvägen, men inte längre bort än till soptunnorna. Bara för att hon ska höra om han har sönder gipset.

*

Grannens fru sitter i solskenet och solar. Då blir morsan arg för att grannfrun sitter där i sin randiga vilstol.

– Att mänskan inte skäms! mässar morsan.

– Vad då? undrar Sigge.

– Du är för liten för att förstå! Hon sitter ju i bara brösthållaren! Hon kunde väl ha topp på sej åtminstone.

– Vad är topp?

– En blus. Vem som helst kan ju se henne när hon sitter där mitt i flabbet! menar morsan.

– Gör det nåt?

– Bry dej inte om det, du är för liten för att förstå det här.

Morsan sätter sig ner på trappen med Vecko-Revyn och glor emellanåt ilsket bort mot grannens tomt.

*

Sigge ser på himlen att det snart börjar regna och strax kommer den varslande vinden prasslande genom buskar och träd; vinden som talar om att nu regnar

174

det strax; vinden som gör rent så regnet kan falla i lugn och ro.

Sigge tittar upp på himlen, den är mörk och molnen samlar sig. Han undrar om det dröjer länge. Kanske rör det sig om minuter, i alla fall är det inte långt kvar.

De första stänken landar på hans armar och händer, ser ut som om han blir fläckvis mörkare, som om huden är prickig.

Det har den, men det är inget farligt, bara regnet, bara att torka av de där dropparna så ser huden likadan ut igen.

Regnet känns varmt till en början, som om det tar ett slag för regnet att bli kallt. Han vet att det blir kallare efter en stund, då blir det en aning kyligare i luften också, som om all värme rinner bort i takt med regnvattnet, som om regnet är ett hot mot sommarens värme.

Kanske regnet spolar bort allt solsken och all värme, som om det är sista dagen på sommaren och höstregnet kommer för att spruta bort allt det varma och ljusa och göra kallt och fuktigt överallt.

Sigge blir nedstämd av regnet, medan han flyr in under en av de stora ekarna.

Regnet är kyligare än för några dagar sedan, som om det blir kallare, som om hösten är på väg.

Sigge hoppas det inte, han vill att sommaren ska fortsätta ett tag; han att vill den ska vara alltid. Det vill den naturligtvis inte, men han vill det i alla fall.

Han vill ha det på ett sätt och det faktum att han inte kan förvänta sig det gör honom inte mindre fylld av

175

sin önskan; snarare tvärtom. Oddsen är emot honom så mycket att han tycker det är roligt. Det känns bra att vilja något och veta att det är svårt att få det. Då blir det ännu roligare, som om det är mer intressant om det inte är lätt.

Kanske gillar Sigge att det är svårt för att det tar längre tid att göra. Han vet att det blir svårt, det tar emot en smula och blir kanske en utmaning. Det känns större att vara med om en sak han kämpat länge för att skaffa sig, som om vägen har ett värde i sig, som om ansträngning är sin egen belöning.

Sigge undrar om han tycker så för att morsan och farsan lärt honom tycka så, eller om det kommer från honom själv. Om det är äkta och framsprunget ur hans inre.

Som om han inte kan ta reda på hur det förhåller sig, som om det ligger en spärr i huvudet på honom; en spärr som stänger hans hjärna när han börjar fundera.

Kanske är det så för att han inte ska ändra det som händer honom, för att han inte ska fundera. Om det är för att han ska verka vanlig, inte märkas. Eller om det är tillfälligheter, en slump att han tycker och tänker som han gör, som om han måste akta sig för att vara den han är, för att de vuxna skrikit åt honom så många gånger att deras röster ringer i hans huvud, även när de är utom synhåll?

På så sätt blockerar de där rösterna allt han vill göra, en spärr långt inne i huvudet på honom, en hake som förlamar hans händer och fötter när han ska göra vissa saker, som vuxna inte vill att han ska göra.

Då är det fullständig förlamning han råkar ut för, som om det inte går att göra de där sakerna, som om det gör ont i honom när han försöker.

Han undrar varför just han råkat ut för detta, det verkar inte som om Zamora eller Stiggarna lider av samma åkomma.

Kanske är något trasigt i hans huvud, som gör att han knappt kan göra det förbjudna, gör att hans ben inte förmår röra sig när han vill att de ska ta honom till ett förbjudet ställe.

Då faller den hemliga luckan ner och tvingar honom att låta bli, att göra som föräldrarna vill, att lyda de förmaningar de gett honom, att stanna, när de andra ungarna ger sig iväg för att göra något farligt någonstans, eller springa någonstans dit Sigge inte får gå.

Då förlamas Sigge av förmaningarna, för det mesta kan han inte tvinga sig att göra de där sakerna, även om han inte förstår varför, så gör han dem inte. Han tvingas avstå, måste låta bli, när andra sticker på äventyr.

Då stannar Sigge kvar och ser efter långt efter de andra. Då är det inte roligt att vara ensam, då vill han vara med de andra, men det går över. Det tar sin lilla tid, men det går över. Allt går över efter ett tag, som om han inte orkar komma ihåg allt ledsamt som händer honom.

Det verkar som om han inte förmår minnas vad som är trist, allt blir bra så småningom. Han glömmer och det känns bättre. Men spärren i huvudet tvingar Sigge avstå. Spärren styr honom, han slipper inte undan den.

Han bär omkring morsans och farsans förmaningar ständigt ringande i huvudet.

Kanske en fiffig anordning för att få honom att lyda, men jobbig. De har som ett hundkoppel på honom, han kan inte röra sig utan att kopplet förr eller senare stramar någonstans.

För att göra det föräldrarna tycker är okej finns slack på kopplet, men i närheten av något förbjudet stramar kopplet och gör att han stannar upp. Han kan inte röra sig längre åt det hållet.

Förmaningskopplet stramar om halsen, gör ont för att han inte ska göra det förbjudna, han blir matt och olustig i kroppen av att vilja, men inte få.

Han kan ibland till och med få ont i magen av missräkning, när han tror han får göra en sak, men förmaningskopplet stoppar honom i sista sekund, som om en dörr ser ut att vara öppen, men i sista minuten smälls igen framför ögonen på honom, precis när han ska gå över tröskeln. Nästan så han får den rakt i ansiktet.

Då är det som om farsan och morsan står bakom honom och rycker i hans arm för att få honom att stanna, som om de skapat en föräldradocka, som sitter inne i Sigges huvud och skriker åt honom, när han är på väg någonstans dit han inte får gå, enligt föräldrarnas sätt att se det.

Det känns som om någon pekar på honom och säger:

– Du ska inte göra så, Sigge!

Det är inte roligt, särskilt inte eftersom de andra ungarna inte hör rösten som skriker i hans huvud.

De tycker bara han är underlig, en fegis som hänger i morsans kjolar och inte vågar göra något.

Men de känner inte till rösten, som gör Sigges knän till gelé och händerna till fumliga klumpar. De har ingen aning om något sådant och Sigge kan inte förklara för dem heller, som om han kläms från alla håll på samma gång.

Det finns för många omkring honom som ska riva och slita i hans huvud, för många som ska ha synpunkter på vad Sigge gör. Om han säger något om vad de vuxna gör, så kallar de det för att vara fräck i munnen.

Barn ska inte svara tillbaka när de vuxna skriker åt dem; det är klart och tydligt. Då blir de ännu argare och skriker ännu högre, det är inte kul. Sigge ska vara tyst och lyda, det är vad de höga rösterna går ut på. De slutar skrika en dag, men det är så långt dit att han blir mycket ledsen när han tänker på det.

Det dröjer inte länge förrän det går över, som om han blir mindre aktiv för varje gång han stramar i kopplet, men hinner vissa gånger växa så mycket att han blir lika stor som innan.

Han blir mindre och mindre, tycker han, inte så att det blir samma storlek som innan. Han undrar om det märks att han krymper. Det kanske det inte gör. Kanske han ser lika stor ut och det bara är inombords han krymper.

*

När det regnar blir det kallare. Under själva regnet

179

blir det ju blött också. Men, det är kallare precis efter ett regn och alla växter ser piggare ut. Luften känns godare att andas. Zamora menar att det är bättre luft att andas efter ett regn. Zamoras astma mår bra av det. Dammet är borttvättat ur luften.

Sigge tror det är nyttigt att andas den friska luften efter ett regn. Om det är bra för någon som är sjuk, som Zamora, måste det vara bra för andra också. Sigge vill alltid gå ut när det slutat regna. Han tror han växer fortare om han andas den rena luften.

– Kan du inte vänta tiss de torkat upp lite? undrar morsan. Nu e allt så geggit å vått!

– Nä, ja vill ut å leka nu!

– Gå ut då, men hoppa inte i alla vattenpussar du ser!

– Nära! lovar Sigge.

– Å inte barfota i lervällingen heller!

– Nära!

*

Alla lekar tar slut. I tomrummet som uppstår finns inget annat att göra än att stå och gruffa. Stöta, kallar de det. Sigge tror det beror på att de stöter med handen på varandra ibland. Men, det betyder att de bråkar med varandra. De står intill trästaketet som gatukontoret satt upp för att ingen ska köra in den vägen till grustaget. Staketet är en av deras favoritplatser. Tid är det enda de har och en del av den tillbringar de i närheten av staketet.

Den vanligaste leken är att gå balansgång på staketet.

Liknar en smula herre–på–täppan. Två står mitt för varandra och försöker putta ner den andre. Ibland slår de sig när de blir nerputtade för det finns lösa stickor i staketplankorna. För det mesta går det bra.

På insidan av staketet ligger grustaget. Där finns också upplaget där gatukontoret har sina grejor. Upplaget består av stora cementrör och brädgård. Cementrören kan de klättra i och på. En gång river Sigge huvudsvålen när han smyger omkring i brädgårn nere vid tunnelbanan i Sandsborg. Lillstigge bryter armen. Ärret i Sigges huvud växer inget hår i, där finns en lång rand utan hår med hård ärrvävnad.

*

När leken tar slut är de omkring femton stycken. Så många är de när de flesta av ungarna leker ihop. Sigge har av kusin Lasse fått en ny och fin pilbåge. Lasse har gjort den själv, Sigge är imponerad av att Lasse tagit mått på honom för att göra bågen. När Lasse gjorde det trodde inte Sigge bågen skulle bli klar så snabbt och att den skulle bli så fin.

Pilbågen är av ene med sträng av pianotråd. I båda änder är den dekorerad med gröna och röda band isolerband. Mitt på är handtaget. Pilbågen känns som en del av Sigge. Den blanka strängen av pianotråd sjunger.

Sigge är glad att duktige Lasse ville göra bågen. Sigge undrar om Winnetou skulle gillat den. Winnetous bössa med silvermynten fastnitade på kolven är naturligtvis finare än bössan Lasse också gjort åt

181

Sigge, men med både båge och bössa känner sig Sigge klar att följa Kapten Miki.

Till bågen hör fyra pilar som går spikrakt genom luften. De går lika högt och ibland högre än de resliga talltopparna där de försvinner upp i himlen.

Naturligtvis vill alla ungarna pröva bågen. Det får de. Ungarna har roligt ända tills några av de äldre grabbarna vill vara med. De är så stora och kaxiga att de bryter två av de braiga pilarna. Sigge förstår det inte, han blir arg. De hetsar en av de mindre mot honom.

Den lille börjar med att kasta småsten. En av stenarna träffar Sigge i huvudet.

– Sluta med det där! ber Sigge.

Men den lille kastar en sten till och träffar Sigge på armen denna gång. Det är trolleri att den lille träffar honom hela tiden. Den lille är bara fyra år, det är ingen kraft i kasten, men det bryr sig raseriet inte om. Det kommer ändå.

– Säj till en att han e en lipsill, ber Storstigge den lille och det är just vad han gör.

– Sigge e en lipsill! skränar den lille.

Storstigge vet vad han gör, han fattar att Sigge inte klarar av mer nu. Sigge blir jättearg. Först de förstörda pilarna och sedan stenarna och nu retad ovanpå alltihop.

Sigge klipper till den lille i magen. Den lille syns knappt för den röda hinnan framför Sigges ögon.

Den lille går i backen, vit i ansiktet. Bara sjunker samman. Sigge glor på den lilla figuren som ligger hopramlad i gruset. Skränet från ungarna omkring honom ebbar ut efter ett tag. De andra ungarna är bleka i nyllena de också. Alla är dödens tysta och bara stirrar. Sigge tror i den växande tystnaden att han slagit ihjäl den lilla grabben.

– Vems unge e du då? hör Sigge en röst och ser ut ur dimman framför hans ögon.

Han svarar inte den lille grabbens farbror eller vem det nu är, Sigge håller redan på att fly, hans medvetande flyr först.

De andra svarar, de hjälpte inte Sigge mot de stora grabbarna, men nu är de pigga på att hjälpa den vuxne och den lille grabben. Sigge blir stel av raseri över orättvisan, han glömmer den aldrig, det vet han.

Sigge är så skraj att han inte kan svara, men de andra berättar ju för gubben. De berättar klart och tydligt vems unge Sigge är.

– Jaha, säger gubben och lyfter upp den lilla killen.

Gubben bär bort honom på samma sätt som kapten Miki bär iväg Salasso när Salasso blivit skjuten. Sigge är ännu mer skraj än tidigare.

Ungarna omkring honom finns liksom inte på samma grusfyllda plats som han själv. De står med vita, stela ansikten och öppna munnar som svarta hål och glor på honom. Nu är det en avgrund av skräck mellan dem.

Sigge ser gruset, träet i staketet, Storstigges skitiga naglar och Zamoras flackande bruna ögon. Här finns inget stöd att få. För Sigge finns det ingen kapten Miki, som räddar honom när han behöver det.

När den lilla gubben bär iväg med grabben går Sigge också. De andras bleka ansikten i den soliga eftermiddagen kantar vägen bort från "brottsplatsen".

Senare berättar de för honom att de varit rädda för honom i flera veckor.

Just nu är det Sigge som är rädd. Han är livrädd och behöver livräddning mer än någonsin. Han tror han slagit ihjäl den lille. Om kapten Miki inte kommer till undsättning, så kommer någon att jaga Sigge tills de hittar honom.

Sigge drar iväg med en ordentlig fart. Sigges ben har aldrig rört sig så fort. Upp i skogsbacken och bort. Bort från dessa idioter som...

Bort, bort! Sigge springer som om siouxerna är efter honom. Han studsar fram över tallbarrsmattan under tallarna. Han är en vind över sanden på vägen. Men, han tröttnar och måste gå efter ett tag.

Det handlar ju inte bara om Kapten Miki, Windy och Salasso. Huck Finn har Sigge läst om, om hur han flyr och klarar sig på egen hand utan att behöva lita på någon enda person.

Nu har ja rymt! tänker han, nu har ja rymt hemifrån! Nu e ja laglös som Nils Dacke, ja e ensam som Skinnstrumpa eller Hjortfot. Nu har ja rymt ifrån alla dom där taskia skitarna som retar me!

Han lunkar på för att komma så långt bort från de elaka som möjligt.

Sigge avlägsnar sig allt mer från koloniområdet där han bor tillsammans med alla de där djävliga ungarna och deras skittaskiga föräldrar. Kommer till slut upp i villaområdet där Sigges föräldrar köpt en villa. De ska flytta in till hösten. Kåken väntar på dem.

Sigge går in på tomten, tittar på det ljusgula huset.

Han plockar några av de brunröda krusbären som växer där. Han kan inte ta sig in i huset så han går därifrån. Det där med att vara på rymmen är inte bra egentligen. Han har ingen aning om vart han ska ta vägen. Han är ingen Tumba–Tarzan.

Efter några timmar blir han hungrig. Går runt och tittar bland villorna, det börjar lida mot kväll. I villorna är det tyst, knappt några människor kvar utomhus. Till slut är han tillbaka på Röda Backen igen. Sitter i kojan på toppen och kikar ner. Inga ungar är kvar vid staketet. Allt är lugnt. Hos den lille killen har de inte ens flaggan på halv stång.

Om grabben e dö, så borde flaggan va på halv stång, tänker han, som de va när farbror Gustafsson dog. Så grabben e välan inte dö. De verkar ganska lugna där.

Sigge går nerför backen till stugan. Där är tyst. Morsan dyker upp och ser orolig ut.

– Var har du vari?

– Ute å gått! berättar han.

– Nu har du vari riktit dum, förklarar morsan, den lille killens farbror berätta att du slagi honom!

– Han reta me ju å kasta sten! försöker Sigge.

– Man får inte slå folk för de!

– Men, dom reta me allihopa!

– Vi säjer att dom gjorde de. Men man får inte slåss, säger morsan och är allvarlig, men är inte särskilt arg, hon har väl hunnit lugna ner sig.

– Han reta mej!

– Ja, men gör inte om de!

– Nä, lovar Sigge för att få ett slut på tjatet.

Han får kall, stekt strömming och stelnat, kallt potatismos. Han stoppar i sig av de kalla, feta strömmingarna och äter mycket potatismos till.

Nästa dag är allt som förut. Den lille grabben blänger på Sigge. De andra säger inget. Men Sigge är annorlunda, inte för att han slagit den lille, utan för att den lille retat honom och Storstigge tyckte det var bra. Och att Sigge inte får försvara sig när andra angriper honom.

*

Några dagar senare när de återvänt till stan flyger Pippinettan bort, bara rymmer sin väg genom fönstret när morsan vädrar. Sigge blir ledsen och morsan blir orolig över den bortflugna fågeln.

Så, morsan ränner runt hela Söder och sätter upp lappar i portarna och snackar med folk för att höra om de sett någon undulat.

Men, den grönspräckliga lilla fågeln har flugit sin kos för gott.

För att Sigge och Sanna inte ska vara ledsna köper morsan en ny Pippinettan. Hon bär hem den från djuraffären i en brun pappask med några andningshål i.

– Det är ingen skillnad på den här och den som smet! inser Sigge förvånat.

– Jo, den är lite mörkare, menar morsan, men det är ju svårt att se någon… vad heter det… större skillnad på dom.

– Det är samma! hävdar Sanna bestämt.

186

– Är det ju inte! säger Sigge, den hära kommer direkt från affären ju, fattar du inte?

– Jag tror i alla fall det är samma!

– Det är inte samma, Sanna, men nu ska ni inte bråka om det, säger morsan och stänger gallergrinden på buren ordentligt.

– Kan den inte flyga sin väg nu? undrar Sigge.

– Hoppas jag verkligen inte, suckar morsan, om du bara visste vad jag sprungit runt och jagat!

– Tänk om den riktiga Pippinettan kommer tillbaka, säger Sanna, då har hon ju ingenstans att bo!

– Jora, hon får plats hon också, får hon inte mamma? undrar Sigge.

– Ni ska inte oroa er, jag tror inte den fågeln någonsin kommer tillbaka. Ni förstår, dom vilda fåglarna hackar ihjäl burfåglar, berättar morsan.

– Va synn det är om Pippinettan! gråter Sanna.

– Hon hade otur, menar morsan, hon förstod inte bättre!

Hoppas hon kommer till himlen!

SLUT

I Dalens koloniområde fortsätter livet ytterligare något årtionde. Nu är minnet av den där världen slitet och nött och de där fåglarna, vare sig det handlar om undulater eller en kråka, förlorar sig i den pågående vardagen, många år senare. Huvudpersonen i den här texten är kanske koloniområdet.